乙一
中田永一
山白朝子
越前魔太郎
and
安達寛高

メアリー・スーを殺して
KILLING MARY SUE
PHANTASMAL STORY COLLECTION

乙一
中田永一
山白朝子
越前魔太郎
安達寛高——作品解說
高詹燦——譯

幻夢コレクション

殺死瑪麗蘇

目錄

KILLING MARY SUE

PHANTASMAL STORY COLLECTION

CONTENTS

可愛的猴子日記

乙一

解說

據說小說家乙一平時會參考電影劇本的寫法，來思考小說架構。但這樣真的好嗎？他大可拋卻轉折點或中間點等戲劇創作的問題，更自由隨興地去創作。在一位堅持這種做法的編輯委託下，他刻意將劇本理論排除在外，創造出這部作品。或許平時刪除的想法，能以更單純的狀態保存於這部短篇故事中。

（初刊載於《papyrus》二〇〇五年八月號　創刊號）

感覺彷彿持續聽了三十分鐘的音樂，結果一看時鐘的長針，根本完全沒動，這種現象常在做這件事的過程中發生。宛如闖入一個時間慢速行進的世界中。這會一直持續到藥效退卻為止。

這天的固定儀式，大約三十分鐘後才造訪。膠膜在胃裡溶化，裡頭所包覆的白粉開始被身體吸收。身體出現抗拒反應。胃開始暴動。肉體產生不適感。當某個東西變化成另一種形態而蛻變重生時，會伴隨痛苦產生也是理所當然。身體勢必會因急遽的變化而不知所措、渾身戰慄、緊抓著某個東西、極力忍耐。痛苦早晚會消失。我們以此做為口號，努力克服難關。這種固定儀式就像青春期。

我原本和兩名朋友一起看影片，但現在我已無法正常地觀看電視畫面。我對他們兩人說「抱歉、我聽、音樂」。我連話都說不好，只能講隻字片語。在這個過程中，我腦中掌管語言的部分退化，使得我無法理解語言，並因此得知自己在學會語言前是怎樣的狀態。一個沒有語言的世界。就像嬰兒的世界一般。

我戴上耳機，打開音響。在聽音樂的過程中，肉體的不適感隨之平息。就在這一刻，我真切感受到這世界的美好。眼前變成以廣角鏡頭拍攝般的景象。遠藤剛士和桐畑小百合慵懶地躺在榻榻米上，看著MV。

「沒事吧？」

我取下耳機，向他們兩人叫喚。桐畑小百合環視房內說道：

「高橋，這房間好像棺材哦。」

我的房間裡擺放的東西極少，就只有電視、錄放影機，以及睡袋。我不看小說，所以榻榻米上疊放的是上大學後強迫要買的教科書以及漫畫雜誌。這裡是上大學時租下的一間公寓房間，與其說是房間，不如說是空空蕩蕩的立方體，我們三人確實很像置身棺材中。

手機傳來了一封郵件。我很吃力的看著上頭的文字。是母親寄來的郵件。

「小守，在大學有用功念書嗎？我用宅配寄東西過去給你了。」

郵件感覺就像塑膠一樣，冰冷而不具生命。我的過去以及人際關係即將全部消失。眼前的事物即是一切，我成為了一個只看眼前的人。

門口的門鈴響起。打開門一看，一名黑貓宅急便的送貨員手捧著紙箱。身體的感覺還不太正常。黑貓宅急便的送貨員要求我在收據上簽名。

我的名字。我的名字。我的名字是什麼呢？對了，我叫高橋守。

我緊緊咬牙，以右手寫下名字。仍有一隻腳踩在沒有任何記號的世界裡，這是我目前所處的狀態。寫文字對我來說無比困難，腦袋都快爆掉了。此時我腦中的狀態，與人類史展開前的猴子沒有兩樣。「高」、「橋」、「守」的每個字都有其含意，但此時我完全無法想像，只要將它們串聯在一起，就可以用來表示我這個個體，這令我深感不可思議。

我費盡千辛萬苦才在收據上寫上高橋守三個字，證明自己的身分後，對方將附收據的紙箱遞給了我。寄件者是母親。是個要雙手環抱的大紙箱，在手裡頗為沉重。

回到房裡後，我重新環視室內，當真是慘不忍睹。剛才我們在這房間一面聽音樂，一面探索上帝的哲學，但現在它簡直就是個垃圾場。食物的殘渣、CD盒、脫下的襪子，散亂於這處棺材裡。遠藤剛士和桐畑小百合摟著彼此躺在地上，幸好他們兩人都還穿著衣服。

我打開紙箱後，他們兩人也坐起身。紙箱裡塞滿了像是我老家採收的稻米，以及看了會讓人忍不住抱怨一句「這種東西便利商店都有賣，根本不需要」的點心和泡麵。當我們三人朝箱裡翻找時，底下露出一個用報紙包得很講究的東西。

「這是什麼？」

遠藤剛士拿在手中，揭開包覆的報紙，露出一個骯髒的墨水瓶。這瓶子呈臺座形，附蓋子的上方體積較小。瓶身為黑色，貼在上頭的商品標籤髒汙，感覺已用了很長一段時間。

「你爸爸失蹤至今已經七年了……」

紙箱裡似乎還放了母親的信，桐畑小百合不知什麼時候找出它來，誦念起上頭的文字。我一把從她手中搶回那封信。

從信中的內容得知，父親在我十一歲那年突然失蹤，而就在幾天前，似乎正式在文件上被登記為亡故。

「那個墨水瓶是怎樣？」

遠藤剛士晃動著瓶身，如此問道。

「好像是我父親的遺物。」

我說明信中所寫的內容。父親原本是地方報社的編輯記者。紙箱裡裝的東西，是父親慣用的墨水瓶。裡頭仍留有不少墨水，是母親為了紀念父親的亡故而寄來給我。

「這是你父親很尊敬的一位女作家送他的。他相當珍惜。我希望今後由你來保管。」

我打開窗，將墨水瓶拋向眼前的農田。

「你討厭你父親嗎？」桐畑小百合問。

「他是個頭腦有問題的人。」

我關上窗，不想看見田裡的墨水瓶。之後過了約兩個小時，我視覺的變化幾乎都已消失，但那種火辣辣的感覺仍殘留在皮膚上，還覺得有點頭痛。也許死了一些腦日記本了。不過書擋這種玩意兒，如果一次不多放幾本書，實在不太好看。話說回來，我買的書擋是利用一整排書的重量加以固定的那種，光靠一本日記本根本無法固定。怎麼辦才好？有了！為了固定書擋，就多買幾本書吧！於是我試著到書店買幾本比較像樣的書。我這個人幾乎沒有閱讀的習慣，不懂該買什麼書才好，所以我向書店店員問了許多問題。請問一下，我該買什麼書才好？最好是書背好看的書……店員雖然一臉為難，但還是回應了我的要求。將買回來的幾本精裝書和日記本擺在一起後，這麼一來果然就像樣多了，我相當滿意。但過了幾天後，我又開始靜不下心來。每次擺在日記本旁的書本映入我眼中，就覺得它們像在責備我：「你明明買了我們，卻又不看」，感覺書背這樣在責怪我。「就只是為了固定書擋而被買下，我們何其不幸啊」，我可以聽見書本們的悲嘆。可是我從來不閱讀啊。我以此當藉口，向它們解釋，但它們完全不接受。不得已，我只好拿起擺在日記本旁的那本書。我也有辦法閱讀嗎？閱讀不是成人才會做的事嗎？我才十八歲耶。這樣的我，面對全是文字的書，會看得下去嗎？雖然感到不安，但我還是打開第一頁。看著看著，更深夜重。閱讀還真有趣呢。我順利看完一本後，接著又陸續消化了第二本、第三本，不知不覺間養成了閱讀的習慣。當我把擺在書擋上的書全都看完時，主動前往書店。之前都會來找我玩的遠藤剛士和桐畑小百合，對我的變化感到害怕。最後他們一致認為，我是頭腦出了問題。他們似乎極力想讓我恢復昔日的狀態，透過網路買了各種毒品硬塞給我。我把那些毒品全扔了。那段時間我正沉溺於閱讀，如果嗑藥的話，不就會覺得閱讀文字是件麻煩事嗎？不久，毒品的存在對我愈來愈不重要，後來只有記憶中還留有當初誤觸毒品的感覺，而我已不再碰毒品。所以之後我每天都在看書，不知不覺間，那兩個一組的書擋，已從房間的這面牆連往另一面牆。搞什麼，這樣就算不用書擋，光靠房內的牆壁也能撐住書本了。不過書還是有增無減。由書背構成的一整排書，在室內繞了一圈後，接著形成第二圈，開始在室內形成一道螺旋。我最後終於決定要買書架。我前往家具行挑選，發現一個不錯的書架，價格合理，還能收納不少書本。我馬上掏錢買下，請他們運送到我家。我老是蹺課沒上的大一課程結束、大學開始放起長假時，書架送到了我的住處。我馬上擺好書架，將書本一一上架。那一字排開的眾多書背，令我為之陶醉。但沒多久，我又開始感到不滿。書架和一字排開的書背是很漂亮沒錯，但我覺得相較之下，這房間顯得很寒磣。因為這是屋齡三十多年的老公寓。雖然房租便宜，但榻榻米老舊凹陷，而且牆壁滿是裂痕，亟需重新整修。所以我決定花一個月的時間找尋合適的房間搬遷。搬完家後，躺在全新的木地板上，心情宛如置身雲端。書架就收放在屋內角落，幫我安置在那裡的搬家工人也說，這房間牆壁的顏色與書架很搭。這是當然，因為當初挑房子時，我就是以能夠突顯書架為前提。就這樣，我在新住處展開我的閱讀生活，但那股充實感只維持了一個星期便宣告結束。因為好不容易搬來這個嶄新又漂亮的房間，但說到家具，卻只有書架、舊電視、錄放影同上探討進化論的課，一同寫「唯實論」和「唯名論」相關的報告，副教授對我們讚譽有加。在此我就不詳述報告內容了，不過大致談到的是猴子在什麼階段進化成人類。猴子與人類的ＤＮＡ只有些許的差異。所謂的ＤＮＡ，是由腺嘌呤、胸腺嘧啶、鳥嘌呤、胞嘧啶這四個鹼基所構成。這四個鹼基在教科書上都是採開頭字母Ａ、Ｔ、Ｇ、Ｃ來呈現。我們的體內，以及貓狗的體內，都潛藏著雙股螺旋構成的長鏈，就像ＡＡＧＴＡＴＴＧＣＣＴＧＡＴＡＣＧＣＡＴＣ這種感覺。而這ＡＴＧＣ的長鏈，決定了生物身體構造的差異。隨著順序的排列不同，人才得以成為人，猴子也得以長成猴子。這四個英文字是所謂的記號。我們的肉體是由記號的排序在掌管。但這時候出現了一個問題。如果在歷史上的某個時間點，猴子們發生了某件事，使得猴子的ＤＮＡ序列變成了現今人類的ＤＮＡ序列。要是以「猴子＝擁有猴子ＤＮＡ序列的生物」、「人類＝擁有人類ＤＮＡ序列的生物」的方式來定義，那麼，介於猴子與人類中間的生物應該不存在於這世上。例如猴子ＤＮＡ序列的一部分，我們當它是「ＡＴＧＣＡＴ」好了，人類的ＤＮＡ序列則是「ＡＴＧＣＴＡ」，那介於中間的是什麼？應該沒有介於中間的生物吧？這當中只有數位的差異，也就是只有0或1的差異，要以類比的方式定義這介於中間的生物，有其困難。若是以ＤＮＡ序列來決定生物的種類，那麼，從猴子到人類的變化便沒有經歷轉化的過程，而是瞬間發生。猴子變成人類是一夜之間發生的事。某隻母猴產下人類的嬰兒。人類傲慢且孤獨的漫長之旅，便是由此開端。嚴格來說，並不是這麼回事，但如果換個看法，便是如此。介於猴子和人類中間的生物存在於何處？這個議題不論是過去還是未來，應該都會在地球上持續下去。但當我的大學生活來到展開求職活動的時期後，我便已不再思考這個問題。而我就是在展開求職活動時，動手整理書架，並發現了那本日記。令人驚訝的是，這幾年來，我一直忘了自己買過這本日記本。打開頁面一看，沒看到半行描述的文字，完全是白紙。不過，當我思考自己為何會買這本日記本時，這才想起墨水瓶和鋼筆的事。對了，父親遺留的墨水瓶擺哪裡去了？經過一番尋找後，發現我把它放進專放雜物的紙箱裡了。我到底在做什麼。我馬上開始試著寫日記，隨即發現寫日記真是樂趣無窮。為了求職活動，我時而外出面試，時而填寫文件，時而寫日記，內心無比平靜。我寫字，將它們串聯成文句。仔細端詳自己所寫的字，感覺就像望著鏡中的自己，有點難為情。鋼筆寫起字來很流暢，而父親遺留的墨水也很滑順。不過，開始寫日記後，儘管是處在日常生活中，也感到精神緊繃。例如我因為展開求職活動而走在外頭時，發現面試會場旁的馬路上有個孩子迷了路在哭泣，我本想就此從旁走過，但最後終究還是辦不到。「今天我對一名迷路的孩子視若無睹。因為我要是幫他，面試就會遲到。」是要我在日記上這麼寫嗎？日後我回頭看日記，讀到這行描述，一定會對這樣的自己搖頭嘆息。我牽起那名孩童的手，帶他去派出所，一直陪在他身邊，等他父母過來。由於遲遲不見他父母現身，我陪那孩子玩，但我也因此趕不上面試。一對穿著正式套裝，我帶著奈奈子和翔搭機前往九州，見祖父安詳的遺容。自從父親失蹤後，祖父一直是母親的心靈支柱。所以我原本很替母親擔心，但她卻看起來很有精神，令人意外。「他真的就像睡著一樣。沒有痛苦地往生，真是太好了。」母親在祖父面前雙手合十。這時我才驚覺，母親的頭髮泰半都已由黑轉白。小時候完全沒想像過，母親竟然會滿頭白髮。當晚，我和奈奈子討論後，決定向母親提議。當天晚上，母親坐在外廊望著庭院，我坐向她身旁說道：「媽，和我們一起住吧。」母親望著祖父精心維護的庭院，搖了搖頭。「我都這把年紀了，沒辦法到東京去。我想在這裡終老。」「妳的心情我懂，可是……」「守，你爸爸的墨水瓶，你還留著吧？」「嗯，我都會拿來用。」母親滿意地頷首。接著母親不斷談到父親。從他們相遇，一直談到我出生後父親失蹤。父親在地方報社擔任編輯記者時，在一次機緣下遇見某位女作家。父親從以前就把那位作家當神一樣崇拜，那位作家送他當紀念的墨水瓶，他一直很珍惜。聽說父親在寫信時都會用那個墨水瓶。「在他失蹤前，他將這墨水瓶託我保管。還對我說，日後要轉交給守。之後他穿著涼鞋就到外頭去了。」送墨水瓶給父親的那名女作家，早在三天前已經過世。母親合上眼，不再說話。我暗自猜想，父親該不會是去追隨他尊敬的那位女作家的腳步吧？也許他是捨棄家人，選擇了自己憧憬的神聖之物。我留母親在外廊，回到奈奈子和翔所在的和室。他們兩人蓋著同一條被睡著了，那閉著雙眼的容貌極為相似。我小心不吵醒他們，從手提包裡取出日記本和墨水瓶，開始寫起當天的日記。當我藉著桌燈的亮光書寫時，不知從何時起，奈奈子已睜開眼睛望著我的側臉。當我與她目光交會時，她一臉幸福的表情輕撫著孩子的臉龐。我開始思考起自己的人生、與她相遇的意義、翔誕生的意義、母親生下我的意義、父親遇見母親的意義。有股感動湧上心頭，我眼眶為之一熱。感覺我現在存在於這個地方，簡直就是個奇蹟。現在我身旁有奈奈子，還有翔，能一同擁有相同的時間，感覺意義深重。翔，他正是我降生在這世上的意義。是我的未來。我的未來。另外我也思考起父親的事，以及以前對父親的憎恨。竟然為了追隨作家而捨棄家人，真是個無藥可救的蠢蛋。但這些情感現在都已隨風而逝。在時間之風的削磨下，突尖的部分已變得渾圓。現在我和母親一樣，只覺得那是「沒辦法的事」。也許是和我自己成了父親，開始用自己的鋼筆寫字有關。我想起幾年前，我打開墨水瓶瓶蓋的那一刻，很想寫字的衝動。當時我打開墨水瓶瓶蓋，同時很想動筆寫字，將文字串聯成文句。突然萌生想寫字的念頭，說來還真是不可思議。或許成長是時間的河流所帶來的必然結果，是極為神聖的行為。我思考著數萬年前的人類，第一次在洞窟牆上作畫的猴子。例如猴子在畫猛瑪象時，是受到什麼樣的衝動驅使？為什麼會想動手畫呢？我在腦中展開想像。將常在雪原上看到的巨大動物畫在牆上，給朋友或家人看，口中發出「嗬嗬」的叫聲，蹦蹦跳跳的猴子。當時在他們之間，會從大自然的一部分當中擷取出那巨大的動物，將牠定義為「猛瑪象」，並賦予牠有含意的語言嗎？有賦予其有含意的叫聲故事一樣。翔。我的未來。我們用鋼筆和墨水瓶持續創造出的東西，經過串聯，最後會形成什麼驚人之物呢？我不知道有誰會看這本日記。不知道有誰會看這本猴子寫的日記。我甚至不知道在無限延續的未來中，這本日記能留存多久。但我還是非寫不可。就像猴子畫下猛瑪象的畫，達文西畫下蒙娜麗莎，莫札特寫出安魂曲一樣。

1. 道即為言語。全句為「太初有道，道與神同在，道就是神。」出自《約翰福音》第一章。

山羊座的友人

乙一

解說

在風通過的通道上有一座透天厝，它的陽臺每次都會出現奇怪的東西。這部系列小說由乙一執筆，本篇是其中一則故事。這次卡在陽臺上的，是顯示未來日期的報紙。與近來的霸凌問題有關的各種想法，可說是構成這篇故事的創作動機。附帶一提，這則故事的主角是位少年，但在同系列的其他作品中，主角則是由少年的姊姊擔綱，而只有本篇帶有推理要素和主題性，其他作品則帶有濃厚的實驗性色彩。

（初刊載於《浮文誌》vol.8 二〇一一年九月）

Prologue

一九八六年二月一日。一名國二的男學生在他父親故鄉岩手縣盛岡車站大樓的購物中心地下樓層的廁所上吊身亡。發現者是巡視的警衛。地上留有遺書。

一九九四年十一月二十七日。一名國二的男學生在自家的柿子樹上吊身亡。發現者是他的母親。死者在房裡留下遺書，裡頭寫著「我被霸凌，錢被人搶走」。

二〇〇五年九月九日，一名小六的女孩因飽受霸凌所苦，企圖上吊自殺。最後雖然勉強保住一命，但二〇〇六年一月六日醫治無效，宣告死亡。

二〇〇六年十一月十四日，新潟縣。某國二的男學生，被同學強迫在女學生面前脫下長褲和內褲。當時男同學哭著對同學低語道「你們都消失吧」。導師見這名男學生無精打采，向前詢問原因，結果男學生以一句「因為我釣不到魚」含糊帶過，並回答「我沒事」。到了晚上九點半左右，發現晚餐後失去下落的男學生遺體。沒留下遺書。

一九八四年。兩名男高中生遭到霸凌。他們向幾名老師諮詢，但老師沒處理。下課時間和午休時間，在老師看不到的地方，他們常遭同學毆打。基於方便考量，在此簡稱霸凌他們的少年為A。

A強迫這兩名男高中生在他面前自慰，如果不從就毆打。還命令他們「繞圈圈五次」、「握著你們的老二」，最後愈來愈誇張，甚至還要求他們在女老師面前露出下腹部。

十一月一日傍晚七點四十分左右，在公園的步道上，兩名少年的其中一人取出藏在口袋裡的鐵鎚，從騎著自行車的A身後襲擊其頭部。兩人朝倒地的A一陣拳打腳踢，長達十分鐘左右。以鐵鎚的鎚頭處敲碎其左眼，拖行約五十公尺遠後，拋進河中，使其溺斃。

十一月二日，A溺死的屍體被人發現時，據說半裸著身子，下半身穿著三角褲和白襪。

那兩名男學生做出選擇。

他們不自殺。

不過，他們聲稱自己是為了活下去才殺了對方。

我的同學若槻直人同樣也沒跟任何人說，自己安排了這一切。他的身材瘦弱矮小，體格就像國中生一樣。他有白皙的肌膚，大大的眼睛，或許弄錯了性別而降生在這世上，而這樣的長相正是其特徵。如果生作女孩的話，或許就會有人挺身保護他。

那天我和朋友一起討論明年畢業旅行的事，一直到過了深夜十二點才騎自行車返家。當時金城輝已不在這世上。

1

九月二十五日・星期四

我關掉鬧鐘，拉開窗簾。窗外是清新的藍天。我和父母一起吃早餐，看著電視上的天氣預報。上頭說今天一整天都是無風的平靜天氣，入夜後也不會下雨。我走上二樓，換上高中制服，著手打掃陽臺。打開窗戶後，風從屋外吹進，吹起了我書桌上的影印文件。但這並不表示剛才的天氣預報失準。我雙手捧滿了堆積的落葉，撒向空中。落葉被一陣風捲走，吸入天空的彼方。

我家位於山丘上，從二樓窗戶可以俯瞰整個市鎮。這座蓋在山丘斜坡上的屋子，屋頂朝低處敞開。視野固然開闊，但潛藏著一個問題。這座房子就位在風會通過的通道上。當市鎮上的大部分地區都平靜無風時，不知為何，唯獨我家二樓還是風吹不止。我那婚後搬離家中的姊姊曾對我說，那是因為有肉眼看不見的氣流存在於市鎮上空，而我家剛好位在那氣流當中。

因為風的緣故，每天早上都會有大量落葉卡在我房間的陽臺上。這裡以前是我姊姊的房間。偶爾還會有落葉以外的東西卡在陽臺裡，例如照片、雜誌、舊衣、毛巾。當中甚至還有像是從國外乘風吹來的東西，雖然如果是英文報紙或韓文文件，倒還能理解。

但像前不久，一本以看不懂的文字寫成的筆記本，掩埋在陽臺的落葉中。我拿給我朋友本庄希看，但她也看不懂這是哪一國文字。我們拿給精通外語的老師看，老師說，這種文字不曾存在於地球上的任何一個時代。這麼一來，這本筆記到底是什麼？又是從哪裡吹來的呢？

也曾經有某國小的畢業文集卡在陽臺的格子窗上。朝那老舊封面上所寫的年代一看，上頭寫的是二〇〇〇年。當真莫名其妙。

對了，大約一個月前，在暑假的某個早晨，有張報紙卡在陽臺上。我發現時，它已因為塵埃和雨漬而顯得髒兮兮，有三分之一破裂，因為沾溼而透明，都可以看到背面的文字了。由於髒汙，看不出是哪家報社發行，但還是看得出日期。

西元寫的是今年。十月二日發行。

我一時懷疑是自己看錯了。為什麼今年十月的報紙會卡在陽臺上呢？

因為當時是暑假，才八月。

也就是說，兩個月後的報紙卡在我家陽臺上。

我用吹風機將報紙烘乾後，攤開來細看。上頭刊登了一篇報導，標題為「山羊的行蹤」。九月三十日，發生了一件罕見的事件，似乎是一頭從東京動物園逃脫的山羊誤闖駒込車站。山羊在闖進下午四點十七分發車的山手線外環電車時，遭到捕獲，然後被平安送回動物園。就是這樣一篇報導。

如果這真的是今年十月二日發行的報紙，它上頭寫的就是今後將發生的事。經這麼一提我才想到，之前姊姊仍住在家裡時，也曾說她在陽臺上撿過信，上頭印有數個月後或是數年後的郵戳。為什麼會發生這種事？難道是風的通道在高空的某處掠過另一個世界？

這張報紙邊角還有另一篇令人在意的報導。內容與某起殺人事件有關，不過，如此充滿奇幻色彩的事，搭上殺人事件也未免太不搭調了吧。

「松田，京都和雪山，你比較喜歡哪一個？」

「京都吧。」

「明年要是同樣去京都就好了。」

午休時間，我和本庄希在教室裡聊天。我們的座位在教室後方靠窗的位置。我坐前面，她坐我後方，只要橫向而坐，倚向窗邊，我們就變成隔著一張桌子並排而坐。

「不過我認為明年會去滑雪。」

今年去京都，明年去滑雪的可能性很高。依據過去的統計數字就能做這樣的推測。

「明明有的學校還去澳洲呢。」

「對帶隊的老師來說，去滑雪比較輕鬆。四周都是雪山，學生跑不掉。而且滑雪累了，也就沒力氣做壞事了。」

「你的意思是，正因為有人會跑出去做壞事，所以才選擇去雪山？」

「妳想得有理。」

「正因為有這種人在，像我們這種正經的學生就得吃虧。」

本庄希朝她正在喝的牛奶餡餡包吹氣，讓它變得無比鼓脹。陽光像溫水般暖和。可能是高二生去畢業旅行的緣故，從昨天開始，走在外頭的學生比平時來得少。

「最近如何？可有撿到什麼奇怪的東西？」

「妳是說陽臺嗎？」

我想了一會兒，搖了搖頭。

「你剛才回答時，是不是停頓了一下？」

本庄希托起銀框眼鏡，望著我瞧。

「是妳想多了吧。」

其實是我在八月時撿到一張報紙的事，從我腦中掠過。不過，那不是最近發生的事，還是先別說的好。

「你要是有什麼困擾，要跟我說哦。」

我家位在風的通道上，這件事她也知道。話說回來，我之所以會認識她，全是因為我剛上高中的某天，有個奇怪的漂流物卡在我家陽臺上的緣故。正當我不知如何處理那漂流物時，她看不下去，主動跟我搭話。附帶一提，那個漂流物是一隻狗。在那樣的契機下，我們開始交談。在教室裡會打招呼，下課時間會一塊閒聊。每次一有稀奇的漂流物，我就會告訴她，然後一起思考那是什麼東西。可能是太閒，沒其他事好做吧。她每次都很想聽我講關於漂流物的事，簡直把我房間的陽臺看作是娛樂製造機。

附帶一提，我們可不是在交往。她平時在學校之外的其他地方過著怎樣的生活，我一概不知。而且，有時本庄希的正義感會壓得我喘不過氣來。連我非法複製音樂CD、電影DVD，或是用電腦的模擬器[2]玩超任的ROM，她都不能接受。她是我們班的班長，與我那位和警察結婚的姊姊如出一轍。附帶一提，本庄希的成績頂尖，

2. 一種電腦程式，安裝在電腦中，可模擬遊戲機執行電玩遊戲，ROM泛指遊戲卡帶或CD轉成的電子檔。

當初她應該可以就讀排名更高的學校才對，為什麼挑這所學校呢？

「本庄，妳不戴隱形眼鏡嗎？」

我吃著福利社買來的飯糰，向她問道。

「為什麼要戴？」

「就只是好奇。」

本庄希在桌上托著腮。

「松田，你喜歡不戴眼鏡的女生啊？」

「妳在問什麼啊？」

「問你喜歡戴隱形眼鏡的女生，還是戴眼鏡的女生。」

我將口中的飯糰嚼細後才回答。

「幹嘛問我的喜好？」

「也是啦。」

她又朝牛奶鋁箔包裡吹氣。

我抬頭仰望窗外無垠的藍天。

「晚上好像會下雷雨，天氣預報說的。」

「真的？」

「今晚我還是別外出好了。」

「你本來打算要去常去的那家便利商店嗎？」

「本庄，妳最好也別外出。」

這時，教室裡的喧鬧聲突然轉小。可能是因為金城輝走進教室吧。感覺彷彿他一登場，教室內的溫度便急遽下降。

對我們這種平凡的學生而言，金城輝根本就是怪物。

他那一頭金髮，似乎在進高中前就已經染了。他總是和一位名叫高木洋介的高二生一起行動。聽說他們從國中時代就認識。至於我，外型極其普通，看起來一點都不像不良少年。也許他們除了彼此之外，再也沒有其他熟識。

金城輝走進教室，這事令人感到呼吸困難，因緊張而腋下冒汗。與他眼神交會是大忌，所以大家都沒看他。當他的腳步聲在教室內移動時，大家都暗自祈禱他別靠近。隨時注意他的動向，別擋到他的路，是這間教室裡的生存法則。

以前我曾經與金城輝有過肢體碰撞。當時我隔著桌子和朋友聊天。我所站的地方，是兩排桌子間形成的狹窄通道。剛好金城輝走來，以肩膀撞開我。他那排除障礙物的出力方式，就像沒有感情的恐龍從路上通過一般。身體碰撞時，那隔著衣服傳來的堅硬肌肉、令人聞了作嘔，充滿男人味的髮膠，以及濃濃的汗味，都深深留存在我記憶中。

聽人說，金城輝國一時曾遭人霸凌。那時有同學拿午餐砸他，用麥克筆在他桌上塗鴉。在第二學期期末時，他父親遭遇車禍亡故，他再也沒到學校來，第二學期就這樣結束了。等到寒假結束，第三學期開始時，他才再度於教室露面。他的模樣與以往大不相同，同學們都為之驚訝。他把眉毛剃光。一名曾經拿午餐丟他的男生，馬上嘲笑起他來。金城輝以微帶恍惚的表情走近那名男生，以預藏的美工刀攻擊人。

關於金城輝，有幾個令人聽了心情沉重的傳聞。例如一名前來當實習老師的女大學生，某天突然再也不來了，全都是因為他。隔壁市街的一名女國中生自殺，也是因為他。對方似乎沒向警局報案，所以不清楚究竟是謠傳，還是真有其事。

上高中後，他盯上了一位名叫若槻直人的少年。少年被他當作平時打發無聊用的道具。金城輝都稱呼他是「娘娘腔」。只能說少年運氣不好，之前他一直過著很正常的生活，但才剛上高中不久，就被迫得喝裝有金城輝尿液的柳橙汁。在金城輝和高二的高木洋介左右包夾下，若槻直人臉色慘白地遵從他們下達的羞辱命令。

我和大部分朋友都裝作沒看見，佯裝平靜無事，繼續我們的閒聊，就像在對人說「我們這間教室裡沒發生任何特別的事哦」，完全視若無睹。絕不能去招惹他們。要是敢出面抗議，恐怕會惹惱那名金髮的怪物。要是被他盯上，成了下一個目標，那就混不下去了。我們只能低著頭生活，避免進入他的視線裡，讓他認識我們。我們只是軟弱無力的平凡人，沒有任何超能力或秘密道具可以解救身陷困境的同學。就算若槐直人被他們按住，強行脫下內褲，我們為了顧全自己的人生，只能裝作沒看見。

同時有股深切的感受。

說什麼高中時代是一段充滿青春和歡樂的歲月，根本就是幻想。

我遇見若槐直人，是深夜十二點多的事。白天時，我在本庄希面前擺出猶豫該不該外出的模樣，但到了深夜，我便決定前往便利商店。我說晚上會下雨，其實是騙人的，我得去買店員擺出的週刊少年漫畫雜誌。如果沒在雜誌發售當天看完漫畫，我就會一直很在意這件事，夜不能眠。所以我才會騎著自行車在夜路上疾馳。便利商店裡頭明亮得有如一團光圈。我買完漫畫雜誌和溫熱的罐裝咖啡，步出店門外。跨上自行車，趕著回家。為了抄近路，我打算從商店街穿過。路上是一整排拉下鐵門的店家，夜風吹來，無比快意。

驀地，平靜的市街某處，傳來警車的警笛聲。我急忙煞車，在商店街的入口處停下。看來，警笛是從河的方向傳來，距離這裡約兩、三公里遠。就在這時，有人叫了我的名字。

「……松田？」

是那名少年的聲音。就像因寒冷而結凍般，聲音有氣無力。商店街的拱門，就位在我和自行車旁。顏色略微轉淡，浮現紅鏽和汙漬，那殘破的模樣令人感傷。在拱門與建築間的縫隙處，有個路燈形成的黑影。那是憑肉眼無法看透其深處的黑暗。聲音就從那裡傳出來。

「你是松田對吧？」

「誰啊？」

我騎在自行車上，注視著聲音的方向，發現那黑影像生物般動了起來，身材清瘦矮小的少年就此露面。路燈的亮光斜斜照向他。是那位膚色白淨，長得很容易被誤認為女孩的少年。他有著瘦削的下巴以及一雙大眼。

「若槻？」

「嗯。」

經這麼一提才發現，我這還是第一次好好跟他說話。之前從沒主動跟他搭話。因為看了他的狀況感到不忍而主動跟他搭話的，我們班就只有本庄希一人。

「這麼晚了還能遇見同學，還真巧……」

若槻直人雖然這麼說，還是沒從商店街的拱門旁走出來。路燈只照出他半邊身體，他左側的手腳仍在漆黑的暗影中。若槻直人的髮質又軟又細，劉海緊貼著額頭。仔細一看，他鬢角到脖子一帶滿是溼汗，而且呼吸急促，就像發高燒似的。

「你在這裡做什麼？」我問。

「算散步吧……松田，你呢？」

「我去便利商店買東西。」

車子從商店街前的馬路呼嘯而過。車燈照向這一帶。若槻直人潛藏的黑影被消除，讓我可以看見他左手拎著的東西。

警車的警笛不知什麼時候停的。那輛車遠去後，四周再度陷入黑暗中。

「啊，你也看那個啊。我一直很期待呢。」

他長長的睫毛底下，一雙比常人都來得大的眼珠，望向我自行車前面的籃子。他指的似乎是週刊少年漫畫雜誌。

「若槻，你也看啊？」

「嗯。」

他朝我走來。左手拎的鋁棒在地上摩擦，發出咔啦咔啦的聲響。那是前端凹陷，已無法使用的球棒，上頭沾著紅黑色的東西，好像還黏著頭髮。

「看這套雜誌的人不多呢。」

「因為它不像週刊少年Jump或週刊少年Magazine那麼主流。」

「就是說啊。」

「不過，我以後可能再也看不到了。」

他注視著球棒，一臉遺憾地說道。要是剛才我沒停下自行車就好了。要是別理會警車的警笛聲，就這樣離開就好了。他沒注意到我正為此感到後悔，抬起那根球棒。因鮮血而黏在上頭的一團頭髮，就此掉落地面，發出溼黏的聲響。

「我不知道該不該問你……」

「如果你要問的是這個，我可以告訴你，這是金城的血。」

沒沾血的頭髮呈金色。

「若槻……原來是這麼回事……」

我不禁喃喃自語起來。

他側頭不解。

「沒事，是我自言自語。重要的是，你接下來打算怎麼做？」

他拖著鋁棒往前走，發出咔啦咔啦的聲響，望向道路前方。

「就往那裡逃吧。」

「你不想自首對吧？」

「以後、再說吧。」

警車的警笛聲再度響起，感覺就像再度展開搜查。站在我面前的若槻直人、沾血的鋁棒，以及警笛聲，這三者不可能毫無關係。

「松田，我也該走了。不能再給你添麻煩了。」

「嗯，你要加油。」

要他加什麼油，我自己也不知道。

「再見。」他說。

「掰掰。」我說。

他往前邁步。那球棒無力地垂落地面，在地上拖行，發出吵人的聲響。要是繼續這樣下去，他應該馬上就會被發現。在天亮前，大概就會有警車發現他。就算不是這樣，可能也有人會通報警方。但這和我無關，不必去理會。就像之前我一直採取的做法一樣。

我做了個深呼吸。深吸一口氣，然後呼出。我踩著自行車的踏板，朝和他相反的方向而去。加快速度後，夜晚冰涼的空氣轉化為風，籃子裡的漫畫雜誌被吹得頻頻翻頁。

騎了一小段路後，我按住煞車。

是對他的一份層層累積的歉疚感，促使我這麼做。

不光是我，其他同學應該也能理解，但因為有他的犧牲，我們才得以平安無事。真慶幸被盯上的人不是我——平時我常這麼想。

我還是轉頭看一下若槻直人吧。

如果轉頭一看，已不見他的蹤影，那我就用不著在意這件事，回家去就行了。沒必要感到過意不去。他用那根鋁棒做了什麼事，不難想像。肯定會被逮捕。

不過，如果我轉頭看，那名雙肩垂落的少年，他那瘦弱的背影如果還在幽暗的夜空下，我就叫他一聲吧。

雖然現在為時已晚，但或許能幫得上什麼忙。

好，我就轉頭看一下吧。

我如此告訴自己，維持騎在自行車上的姿態，轉頭往後望。

2

九月二十六日・星期五

不清楚是洗衣精的顏色，還是衣服髒汙的顏色，往運轉中的洗衣機裡頭瞧，發現帶有紫色的灰水在裡頭形成了漩渦。九月二十六日就是這種顏色的灰濛天空。風吹得樹枝不住搖晃，顏色像洗衣機髒水般的烏雲，一路往眾多屋舍的前方綿延而去。

走進教室時，幾乎全班都知道那件事。我佯裝毫不知情，加入眾人的談話圈中。

我們所住的市街北側，有一條大河流經。在國道與河川的交叉處，有一座矢鴨橋。它的正式名稱是琴葉橋，但自從以前有人在這座橋附近目睹被箭矢射中的野鴨後，便改稱作矢鴨橋，正式名稱則幾乎已沒人在用。昨晚在這座橋下發現一名金髮少年的遺體。

「聽說確實是金城沒錯。」
「是若槻幹的吧。」
「咦，是若槻幹的嗎？」
我試著如此詢問。
「那傢伙晚上離家後，好像一直沒再回去。」
「好像還在命案現場發現他的自行車。」
朋友們告訴我這件事。
「若槻真有勇氣。」
「是啊。」
「若槻現在不知道人在哪裡。」
一名女學生站在我身後。雖然我沒立即察覺，但確實是本庄希沒錯。我朝她那寬闊的額頭觀察了好一會兒，這才認出她來。我一直盯著她的臉瞧，她急忙開口道：
「你可別誤會哦。」
「哦。」
我正好在想，因為昨天有過那樣的對話，所以她才改戴隱形眼鏡，但應該是我自己想多了。只因為沒戴眼鏡，本庄希給人的印象截然不同。之前我只認得她戴眼鏡的樣子。

「我剛好不小心踩壞了眼鏡。」

「原來是這樣，真是辛苦妳了。」

「雖然真的只是偶然，但我可不希望被誤會。」

我搞不懂她到底在擔心些什麼，不過本庄希也加入我們的談話圈，分享了各種資訊。她提到有名少年握著一根染血的球棒，夜裡四處遊蕩，長得很像若槻直人。還沒聽說有若槻直人被警方帶走的消息。

不久，導師一臉沉痛的表情走進教室，開始進行班級時間。「我想，大家都已經聽說了。」他先來一段開場白，接著說出金城輝的死，以及若槻直人下落不明的事。教室裡只有兩個座位空著，當所有人都坐在位子上時，尤為明顯。

可能是擔心會對學生造成影響，今天沒上課，我們收拾書包，可以自由活動。但沒什麼人想走出教室，我們一直留在教室裡聊個不停。

一名高中生遭殺害，涉嫌的同班少年正在逃亡中，這樣的事件似乎也引起了一般民眾的關心。從教室窗戶往外看得到的範圍內，停著像是媒體的車輛。電視臺攝影機也會來吧，有同學這樣說道。想到這個市街發生的事，會藉由電波在日本各地播出，便覺得很不可思議。而且是以這間教室裡發生的事為開端所引發的案件。我完全想像不出，自己所知道的「教室」這個小範圍，與外頭遼闊的「日本」這樣的大範圍，其實緊密相連。殺人是足以讓「教室」與「日本」連接在一起的異常事態。我在靠窗的座位上向本庄希說出心中的感慨。

「總覺得少了一份真切的感受。」

本庄希咬著她小巧的嘴脣，靜靜望向窗外。也不知道是戴隱形眼鏡覺得痛，還是在想這起事件，只見她兩眼泛紅，眼中噙著淚水。

「妳不要緊吧？」

我擔心地問道。

「你才是呢。看你好像從早上開始就心情不太好。」

「畢竟發生了這種事嘛。」

其實是因為每次我一眨眼，那沾在鋁棒上的紅黑色血漬和人類的頭髮便會從我腦中掠過。我沒跟她說我遇見若槻直人的事，因為她這個人最討厭不守法理之事。她一定會要我馬上向警方說明此事。就算對若槻直人寄予同情，她還是會這麼做。

我抓起書包站起身。本庄希也一起站了起來。

我一面在鞋櫃處穿鞋，一面向她問道：

「當初妳要跟老師談若槻的事情時，不會害怕嗎？」

她見若槻在教室遭到那樣的殘酷對待，無法視若無睹，曾跑去跟老師報告。那是第一學期期末的事。所幸校方最後聽了本庄希說的話。老師們找來金城輝和高木洋介兩人，以及他們的家長，加以警告。但若槻直人並未就此變得開朗，還是一樣沒有主動和他說話的朋友，之後他仍在校外被金城輝找去，強迫他偷竊、向他要錢，這些事大家都知道。

「妳沒想過自己有可能會被金城或高木盯上嗎？」

如果想保護若槻直人，就會進入金城輝視線。這絕非聰明之舉。

「不過，也顧不了那麼多吧？」

沒錯，顧不了那麼多。極限一步步逼近，所以最後才會演變成這種狀況。

「像本庄妳這樣的人，要是能再多個十人，主動和若槻說話就好了。」

「就算只多一個人也好，或許就不會走到這一步。」

她邊走邊斜眼瞄我。我別過臉去。並不是人人都有她這樣的正義感。因為我只是個平凡無奇、沒任何優點、沒參加任何社團，再普通不過的少年了。

我們走出校門時，有一群像是從事媒體相關工作的人。幾名放學的學生被記者攔住，拿著麥克風採訪他們。這是新聞節目中常會看到的場面。多麼似曾見過的感覺啊，但還是感受不到現實感。說來還真是奇妙，會覺得這件事是真的，不就只有在看著電視播出這幕光景的時候嗎？

「那就這樣了，明天見。」

「嗯。」

我在校門前與本庄希道別。

在公車車內，我望著手機。上頭留有母親和姊姊聽聞這起事件後打電話來的通話紀錄，同時也寄了郵件來，表達她們的擔心。我在家附近的公車站牌下車後，走向位於山丘上的住家。一路上我一直猶豫該不該與姊姊聯絡。姊夫是警界人士，聽說是箇中精英，或許能向我透露目前的偵辦情況。但就在我猶豫的過程中，已來到家門前。

松田家是一棟隨處可見的透天厝，不過松田家的二樓位在市街上空那肉眼看不見的風之通道上。陽臺上總會卡著奇怪的東西，這個充滿奇幻的設定，能否為眼前這令人喘不過氣來的現實狀況想想辦法呢？能否為這樣的封閉感開個通風的空洞呢？我一直認為所謂的奇幻，就像是能為處在這種狀況下的人們化解危機的良藥。但這次看來是沒辦法了。

我打開大門，喊了一聲「我回來了」，但沒人應答。我父母都在上班。換句話說，白天時，我家空無一人。

我走上二樓，前往自己的房間。拉上窗簾的房間略顯昏暗。我打開壁櫥，看見模樣和早上完全相同的若槻直人。他雙手抱膝，低著頭，用iPod聽音樂。一發現是我，他緩緩抬起頭來，摘下耳機。

若槻直人這名少年，他的臉蛋和纖瘦的骨架簡直與女生無異。要是母親在家，現在突然打開我的房門，或許會誤以為我帶了一名剪短髮的少女進房間。他纖細的手指、偏頭的動作、嘴唇和眼角浮現的神韻，全都像極了少女，而且長得又秀氣，所以更令我覺得他可怕。

若槻就像害怕天敵襲擊的野兔從洞穴裡爬出般，無比謹慎地走出壁櫥。壁櫥裡放有我今天早上事先為他準備的礦泉水和零食。水減少了一些，但零食完全沒碰。

「停課了吧。」

他望著牆上的時間說道。

約莫十二小時前，我確認父母都已入睡後，招手要待在我家旁邊等候的若槻直人進屋。他拎著滿是泥巴的鞋子，躡腳走上樓梯。對於我為何肯藏匿他，他似乎百思不得其解。這也是理所當然的反應，因為以前我們從沒在教室裡說過話。

「有沒有發生什麼特別的事？」

「窗戶那邊不時會傳來碰撞的聲音。像是咔嚓、咔嚓的聲音……」

「那是沙粒打向玻璃窗的聲音。風吹來的。」

不同於平時，我將緊閉的窗簾微微打開一道細縫。因為早上偷懶沒打掃陽臺，外面積了厚厚一層落葉。附帶一提，仔細觀察落葉後發現，這裡頭有世界各地的植物葉片。警車的車隊橫越遠處的道路。雖然不可能從那邊直接看到這裡，但我還是急忙關上窗簾。

「那臺電腦有連網嗎？」

若槻直人指向桌上的筆電。

「我可以用嗎？我想收信。」

我一面開啟電腦，一面心想，都這種時候了，人還會是想收信呢。我讓他坐在筆電前，自己則是坐床上。我感到心神不定，擔心他會打開不該看的資料夾。

若槻直人用的是人人都可輕易取得的免費信箱。他打開網頁，輸入帳號和密碼。在他登入前，我出聲喚道。

「啊，等一下。」

他正準備按下ENTER鍵的手指就此停住。

「這麼做不好吧？這樣或許會洩漏你在這裡的事。」

我們都很欠缺電腦相關知識，不能小看警察。也許警方已查出若槻直人的電子信箱，一直在等他上網收信。或許在他登入的瞬間，就能查出他的藏身之所。

附帶一提，他帶著手機，但昨晚在我帶他回我家前，就已經沒電了。我曾經看報導提過，就算沒通話，手機還是會向周邊的基地臺發送電波。只要從送往三處基地臺的電波強弱來計算距離，就能精準地查出所在位置。或許乾脆把手機丟了比較好，但我只要求他關閉電源。最近有些機種就算關閉電源，GPS功能還是會繼續運作，但他的電話似乎沒這種功能，所以應該不會有事。

若槻直人放棄收信。不過他改從新聞網站上看這起事件的相關報導。他在開啟入口網站首頁的狀態下嘆了口氣。頭條新聞欄的最上方，顯示了他那起案件報導的連結。

「應該很多人在看這篇報導吧……」

看他的臉色，好像隨時都會張口嘔吐。每篇報導都沒揭露若槻直人的真名。根據報導所述，從道路旁的草叢裡發現了疑似犯案用的鋁棒。他自認已盡可能丟棄在一處不容易找到的場所，但似乎花一天的時間就被找到了。

在網路上逛了一輪後，我叫若槻直人去沖澡。

他在沖澡時，我自己一個人在房裡，腦中閃過各種念頭。雖然說起來感傷，不過他肯定就是那篇報導上寫的高中生。我從抽屜裡取出那張報紙。那是暑假的某個早上，卡在陽臺上的東西。

上面印的日期是今年十月二日。如果不是印刷錯誤，那將會在六天後的未來發行。我確認若槻直人將有一段時間不會回到房裡，急忙攤平報紙上的皺摺，將那篇已看過好幾遍，都已記在腦中的報導，又重看了一遍。如果那篇和山羊有關的報導算是正面的話，印有這篇報導的則是背面。

報導上所寫的地名就是我住的地區。當時我覺得周遭怎麼可能發生命案，但沒想到真的發生了。昨晚我在商店街入口處遇見若槻直人時，腦中浮現的第一個念頭是「原來引發這場命案的人就是你啊」。

上個月二十五日深夜發生於＊＊縣＊＊市的高一生命案，以關係人身分接受偵訊的高中生（十五歲），昨晚在＊＊警局的廁所上吊自殺。就在承認是自己殺了同學之後不久。

「問梢[3]的丈夫，他會不會告訴我們詳情？」父親說。

「不行啦。他現在一定很忙。」母親說。

「若槻這孩子應該是藏身在某處吧。」父親說。

「可能逃到其他縣市去了吧？」母親說。

「……」我沉默不語。

我和父母三人圍著餐桌而坐。餐桌中央是一個大盤子，上面擺滿了可樂餅。是母親去兼差回來的路上在商店街買的。雖然電視上正在播出綜藝節目，卻沒人看。話題始終都圍繞著那起命案。

「聽說喪命的孩子是霸凌的一方，這是真的嗎？」母親問我。

3. 松田裕也的姊姊，松田梢。

我正在思考該如何回答時，二樓傳來聲響。是有人絆到我堆疊的書，把書推倒的聲響。正在用餐的我們，全都停下手中的動作。我的父母露出納悶的神情。因為二樓不可能有人。

「可能是窗戶沒關緊吧。風老是這樣，不是嗎？」

我如此說道，父母這才露出心領神會的神情，轉往下個話題。

待夜深後，我的父母回到寢室，我將晚餐吃剩的可樂餅從廚房偷拿回房裡。若槻直人向我道謝後，張口吃了起來，但只吃了半個。沖完澡後，他換上我的衣服，但尺寸不合，肩膀和衣袖都多出一大截。我把他原本穿的衣服裝進垃圾袋，藏在壁櫥裡。之後得偷偷處理掉才行。他在沖完澡後，露出鬆了口氣的表情，開始和我聊起漫畫和電玩。聊著聊著，我差點都忘了他那纖瘦的手臂曾對金城輝展開過狂揮猛打。

我將音量轉小，用筆電看動畫，以及他推薦的網站。當我以筆電的電視接收器看新聞節目時，上頭正好打出「十六歲的犯罪」這樣的主題，由一群評論員討論著若槻直人的事件。

「我才十五歲。因為我是十二月生的。」

他看著電視畫面說道。肯定是因為他高一，所以一律被視為十六歲。

「你十二月生，那表示你是射手座嘍？」

「我是山羊座。十二月三十日生。」

筆電傳來新聞的後續報導。播報員朗讀著新聞稿。目前又得知兩個新的消息，被害人被鋁棒毆打後，遭人用菜刀刺進胸口。目前正在追查下落的重要關係人是名高中生，從他房間裡發現在購物中心買菜刀時留下的發票。若槐直人在地上雙手抱膝，前後搖晃著身體。我主動跟他搭話。

「剛才提到菜刀。」

「嗯。」

「你是事先計畫好的嗎？」

若槐直人搖晃著身子，把臉埋進雙膝間。他的身材嬌小，幾乎都可以整個人裝進箱子裡了。由於我和他說話，他都沒反應，我索性用筆電播放音樂，關掉房內的電燈，直接上床睡覺。在這漆黑的房間裡，就只有筆電的亮光。不久，我感覺到他鑽進壁櫥裡的動靜，感覺就像「哆啦A夢」一樣。那隻機器貓也是以壁櫥當床睡。因為睡前想起這件事，後來我夢見哆啦A夢的四次元百寶袋卡在陽臺上。

九月二十七日・星期六

傳來碰的一聲，我醒了過來。我從床上坐起身，揉著眼睛環視房內。陽光穿透窗簾射進，令房內變得明亮許多。室內沒有異狀。是有東西撞向玻璃窗的聲響。

壁櫥門打開，若槻直人探出頭來。剛才的聲響似乎也吵醒他了。他一臉擔心地望著我。

「剛才那是什麼？」

「我猜是漂流物。」

打開窗簾一看，堆滿陽臺的一大片落葉上，有一個滿是泥巴的物體。

「外頭風很強，希望你別嚇著。」

我事先提出忠告，手指搭向窗戶的鋁窗框上。那窄細的縫隙打開後，發出像笛子般的尖銳聲響，一陣風吹進房內。若槻直人果然被這奔騰的強風給嚇著，緊抓著床鋪。我將掉在陽臺上的東西收進房內。是一件扭曲的運動衣。它吸滿了水，變得沉甸甸的。關好窗後，風聲消失，房內轉為安靜。

「好像是洗好的衣服被風吹來這裡。」

若槻直人戰戰兢兢地靠近窗戶，往外觀望。

「颱風？」

「這棟房子蓋在一處風強的地方。」

我把運動衣遞給若槻直人。

「被風吹來的？這麼重耶？」

他展開運動衣，側頭不解。

「這什麼啊?竟然有四隻袖子?」

「可能是瑕疵品吧。或者是說,它是從一個四隻手很常見的世界吹來的。」

「你是說真的嗎?」

「這種事倒也不是沒有,因為常有奇怪的東西會漂流到這裡來。」

「不只這一次嗎?」

因為剛才那陣風,使得那張報紙掉落若槻直人腳下。不,那個不行。我讓他看其他漂流物吧。不過,察覺我的視線後,他攤開那張報紙。若槻直人看著報紙喃喃低語。

「啊,這也太奇幻了吧……這不是未來的日期嗎?」

他露出像在看什麼冒牌貨般的表情。

「還提到山羊。」

慶幸的是,他看到的似乎是正面。他開始看起「山羊的行蹤」那篇報導。

「因為這是我的星座,所以一看到山羊,就無法當作事不關己。」

「我在自然課用天平時,也有一份親切感。」

在他準備看背面時,我先搶回了那張報紙。當然還是別讓他看到自己會死的報導比較好。

我感覺到父母在樓下行走的動靜。

「你在這裡等著。我現在要去扮演平時的模樣。」

我留若槻直人獨自在房裡，前往一樓。今天是星期六，不用上學。但父親好像非得去公司不可，正在準備外出。

「啊，早安。」

母親露出驚訝的表情。她臉上寫著，今天明明是假日，竟然還能一大早就看到你露面，真是難得。當我吃飯配荷包蛋時，家中電話響起，是導師打來的。

「你們老師說，如果你知道些什麼與金城和若槻有關的事，記得告訴他。」

母親接完電話後，向我轉達導師的吩咐。父親出門上班後，母親也開始準備外出。聽說有事要去親戚家一趟。原本還很擔心，不知道這禮拜六、日父母都在家，該怎麼度過才好，這下他們兩人都不在，再好不過了。

「我很晚才會回來，晚飯可以自己處理吧？」

「嗯，我會自己找東西吃。」

送母親出門，確認她不會再回來後，我帶若槻直人來到一樓。我讓他吃早餐的剩菜，用客廳的大螢幕電視玩電動。如果是玩拿刀子和敵人對戰的遊戲，或許會想起他拿菜刀刺死金城輝的事，所以還是別玩《惡靈古堡》好了。要是選最近開始玩的《太空戰士》，不小心遇上提燈怪[4]，肯定還是會想起菜刀的事，還是別玩的好。最後，我們玩《桃太郎電鐵》[5]，一直玩到下午。午餐時，我下廚煮義大利麵。若槻直人吃著我煮的麵，顯得很過意不去。感覺他食欲恢復不少。儘管如此，他還是吃不完一人份。他似乎原本食量就小。吃完飯後，他走進我房間的壁櫥裡，弓起纖瘦的雙腿，環住雙膝，開始看起漫畫。雖然覺得他是刻意跑去那個地方坐，但待在那裡，似乎能令他感到平靜。

過了下午三點，問題來了。那是我和姊姊打電話聊天時發生的事。

「好在你沒捲進風波中。」

「姊夫負責這次的案件是嗎？」

「不，不過他好像聽到不少消息。」

「怎樣的消息？」

「聽說從死者的傷勢看得出來，這當中似乎有很深的仇恨……你和那位叫若槻的孩子有往來嗎？」

「我都沒跟他說過話呢。」

我充滿懊悔地對無線電話說道。

「最近有沒有什麼奇怪的東西卡在陽臺上？」

4. 原文是トンベリ，是一隻一手提燈籠，一手拿菜刀的怪物。
5. 一款模擬鐵道公司營運的電玩遊戲。

「沒有。京子小姐最近好嗎？有和妳聯絡嗎？」

京子小姐是姊姊的朋友，總會在我生日時買電玩遊戲送我，人非常好。

「她好像每天都無所事事，聽說連工作也辭了。下次我要去好好揍她一頓。」

若槻直人走下一樓，從客廳入口處探出頭來。我從沙發上坐起身。看他一臉擔憂的表情，雖然他現在肯定有一大堆事要擔憂。

「那我改天再打給妳。」

我結束通話，重新面向他。若槻直人臉色蒼白地說道：

「抱歉，我可能被附近的人看見了……」

我聽他說明了情況。我家那不可思議的陽臺，總會飄來各式各樣的東西，他對此很感興趣，於是打開窗簾觀察，這時附近人家的窗戶不知道什麼時候打開了，一名晾衣服的婦人一直盯著若槻直人瞧。

「只是瞄了一眼嗎？」

「看了一陣子。」

「哪一戶人家？」

「就在後面。山丘斜坡處的下一戶人家。」

「灰色屋頂嗎？」

「對。」

「那是我媽的朋友。」

她知道我們家的成員以及我的長相，應該也知道殺人案的重要關係人是我同學。這樣她會馬上察覺是我在藏匿兇手嗎？該不會已經通報警方了吧？正當我思索此事時，我握在手中的無線電話發出鈴響。

「會是警察嗎？」若槻直人問。

我按下通話鈕，將電話貼向耳邊。

「喂。」

傳來熟悉的聲音，是我母親。

「搞什麼，原來是媽啊。」

這時候打來，真是瞎攪和。

「午飯吃了嗎？」

似乎是從親戚家打電話來。

「我自己煮義大利麵。剛才也和姊姊通過電話。」

「媽擔心嘛。」

「妳從以前就愛瞎操心。每次我跌倒受傷，妳就說要叫救護車，很怪耶妳。」

「有朋友到家裡玩嗎？」

「嗯，怎麼了嗎？」

「因為媽媽們的群組上，有人聯絡我。」

「什麼啊，那不就資訊傳播能力比推特還強？」

母親的那些同樣當媽媽的朋友們沒通報警方，而是先向我母親通報。

「你說的朋友，該不會是交往中的女朋友吧？聽說有女孩子在你房間裡。」

我停頓了一會兒，終於明白是怎麼回事。

「可以這麼說。」

我刻意這樣說道。

「哎呀，是這樣嗎？」

若槻直人在一旁顯得很擔心。都是你害的啦！我很想踢他一腳。不知何時，他手中已拎著鞋子。

「我八點左右回去，晚餐可能要等我一下了，你要我買什麼回去？你那位朋友會待到那時候嗎？」

「不，他好像有其他事。」

若槻直人來到走廊，朝門口走去。

「那就這樣了。」

我掛斷電話，在走廊上一把抓住若槻直人的肩膀，拉住了他。由於他的肩膀就像少女般瘦弱，我嚇了一跳，急忙鬆手。

「你要去哪裡啊？」

「不知道。但我要是繼續待下去，可能會給你添麻煩……」

「你會被捕的。」

「我原本就打算讓警方逮捕我。」

他烏黑的眼珠不顯一絲游移，筆直地望著我。我感覺到不同於恐懼或徬徨的另一種意念，而且好美。他見我為之一怔，馬上垂眼望向地面，準備在玄關處穿鞋。

「就算我被逮捕，也不會向警方說出你的事。我會說自己都在戶外過夜。」

「他們總會問你衣服是從哪裡取得的吧。」

「說是風吹來的……應該行不通吧。離這裡最近的網咖在哪？我想先寄封郵件給某人。」

「得走到車站前才有。你就只是要發信嗎？那麼，就用我的電腦寄吧。」

我建議他重新申請一個免費信箱，然後用我的筆電寄信。如果是新的信箱，應該就不會被警方鎖定了，但還不能完全掉以輕心。雖然不清楚他是要寄信給誰，但要是對方向警方出示郵件，應該就會查出是從我的房間寄出。

「這點大可放心。」

「你為什麼可以說得這麼篤定？」

「總之，你大可放心。」

他很肯定地如此說道，於是我帶他前往二樓，讓他坐在電腦前。他上網登錄了一個新的電子信箱，開始寫一封不知要寄給誰的新郵件。

當若槻直人寫完信，轉過頭來時，我幾乎都已準備妥當。背包裡放了替換衣物、存款帳簿，十月二日的報紙也放在口袋裡。若槻直人用完筆電後，我將筆電一併塞進背包裡。

「我建議等天色變暗後再出發。我也跟你一起去。」

為什麼？他露出詢問的表情。

我不置可否地回以一笑，沒做出明確的回答，但我暗自在心中拿定主意，要和他當朋友。

3

九月二十八日・星期天

我從似睡非睡的打盹狀態中醒來，望向眼前筆電的螢幕。右下方的數位時鐘顯示現在時間是早上七點半。由於沒有窗戶，所以沒有清晨到來的真切感受。不知不覺間，已過了三個小時，應該是睡著的緣故。

我坐在一個有座臥椅的小空間裡。眼前有電腦用的螢幕、看電視用的螢幕、PS2、看書燈和表面黏答答的菜單。前方和左右兩側都有高約一百七十公分的隔板。後方有一扇構造簡單的門。我已在禁菸的座臥席待了六個多小時。這還是我第一次利用深夜到早晨的夜間專案，在網咖過夜。

我走出私人包廂，到廁所洗臉。一面喝著飲料吧的冰烏龍茶，一面上網蒐集資訊。查夠之後，我將座位設置的耳機連向電視，看起新聞節目。

似乎沒有其他重大案件，高一生殺人事件在電視上成為熱門話題。高中校舍、發現被害人的矢鴨橋周邊景致等，這些熟悉景象的影片在電視上不斷播出。若槻直人的事雖然未以真名報導，但他在教室和學校外受霸凌的事，因採訪而完全攤在陽光下。

與若槻直人同班的少年，昨天傍晚失蹤，這項消息尚未報導。若槻直人穿的衣服一直都放在我房間的壁櫥裡。警方要是看到了，便不難想像我是和兇手一起行動。

我感覺到有人，轉過了頭。那扇構造簡單的門，下方採開放式，看得出門外站著人。我取下耳機，這才聽到那很含蓄的輕細敲門聲。

「你醒著啊？」

微微打開一道門縫後，若槻直人露出臉來。

「嗯。你睡過了嗎？」

「小睡了一下。」

我們分別在不同的座位，所以已有幾小時沒說話了。

「啊。」

他看到螢幕後，叫出聲來。螢幕上正播出在我們那所高中校門前採訪的畫面。記者手持麥克風朝向一名女學生。畫面上刻意避免讓那女孩的臉入鏡，但背景是校門、行經校門的人群、像洗衣髒水的灰濛天空。背景沒做模糊處理，可以打電話去向電視臺抗議。而湊巧在那短短幾秒的時間裡，我看到本庄希從畫面前橫越。她的側臉流露出數天前在教室看到的哀傷神情。螢幕上出現同學的身影，似乎令若槻直人興起某種感慨。

「我做出很對不起本庄的事。」

若槻低語道。

「她是那麼保護我，但我卻惹出這樣的結果……」

我支付兩人份的費用後，步出網咖。因陽光刺眼而感到目眩，差點腳下一個踉蹌。車站前人潮熙來攘往。昨晚我們從家裡共騎而來的那輛自行車，就擱置在停車場裡。當我再次回到這個市街時，自行車要是還在那裡就好了，但我無法對此抱持期待。我叫若槻直人躲在建築物後方等候，一面提防警衛和監視器，一面前往銀行ATM提領我所有的存款。我的壓歲錢一直都存著沒用，所以一共吐出五張萬圓日鈔。我們前往高速巴士的乘車處時，看見警察從前方走來。我們先走進附近的店家，等候警察走過後，再繼續前進。

「要逃到哪裡去？東京？大阪？北海道？」

「我覺得去東京比較好。」

就這樣，我們開始逃往東京。

開往東京的高速巴士，起初在街上行駛，因紅綠燈而走走停停。不久駛進高速公路後，便一路順暢地保持高速行駛。在這數小時的車程中，我都在與若槻直人閒聊。從聊天中得知，我們兩人這輩子第一次購買的CD都是菅野洋子[6]創作的原聲帶。我之前一直想找機會看《龍蛋》（Dragon's Egg）這本科幻小說，他已經看過了。眼前的風景從車窗外飛逝而過。理應是以疾速行駛的轎車和卡車，因為與我們的巴士朝同方向前進，看起來就像緩緩在道路上滑行一般。

「本庄應該很擔心吧。」

若槻望著與我們並肩而行的油罐車，喃喃低語。

「因為她很關心你。」

「松田，你和本庄很熟對吧？」

「就只是因為坐得近，所以常說話，倒也沒多熟。偶爾會和她聊到漂流物的事。」

6.日本的作曲家、編曲家，主要從事動畫、電玩、電影等配樂。

「你們家風吹的事，本庄也知道吧。」

我頷首，想起當初認識本庄希的事。

「那是第一學期一開始的時候，我家陽臺卡了一隻狗。」

「狗？」

「這麼大的一隻小狗。」

我用手比了個圓，加以說明。那天我醒來後，感覺窗外有動靜。打開窗簾一看，堆積在陽臺上的成堆櫻花花瓣上，竟然有一隻小狗。強風仍一如往常，帶來各式各樣的東西，但帶來生物實在罕見。那是一隻淡褐色的柴犬，有一張可愛的臉。

「為了找人收養牠，我忙著製作傳單，這時本庄主動出聲叫我。」

這隻狗你是在哪裡撿到的？

牠卡在我家陽臺。

陽臺？

嗯，好像是被風吹來的。

我仍清楚記得當時與她的對話。

「從那之後，一有奇怪的東西卡在陽臺上，我就會告訴本庄，這已成了固定模式。」

「我原本還以為你和本庄是男女朋友呢。」

「我？和本庄？」

「因為你們總是一起聊天。」

「就只是普通朋友。」

「這我知道。因為本庄和佐佐木在交往。」

這我倒是第一次聽說。若槻直人見我臉上的反應，露出意外的表情。

「我是不是不該講出這件事？」

「你說的佐佐木是？」

「三班的佐佐木？」

「足球社的佐佐木一樹？」

雖然沒和他說過話，但我知道有名男學生叫這名字。得知平時常一起說話的女性友人早已有男朋友，感覺有點奇怪。和我國中那時候得知姊姊要結婚時的驚訝很雷同。不過，和本庄希一起談畢業旅行的事，彷彿已離我好遙遠。高二生在畢業旅行的地點會得知這起事件嗎？我明年也能順利前往畢業旅行嗎？也許已經沒指望了。

高速巴士在過午時抵達東京車站的巴士站。

「接下來要去哪裡？」

「這個嘛，要不要坐坐看山手線？因為它很有名。」

我們坐上山手線，先前往澀谷，結果被現場的人山人海所震懾。曾在電視上見過的大樓就矗立於眼前。我們好奇裡頭到底是怎樣的情況，往內窺望，結果發現裡頭竟然是一家TSUTAYA[7]，大吃一驚。我們像《潛龍諜影》的Snake[8]一樣，邊躲避警察，邊在街上行走，在書店站著看書打發時間，入夜後就到網咖過夜。在店裡可以淋浴，也能買到潔牙組。我們將髒衣服塞進背包裡，換上家裡帶來的衣服。我們沒吃飯，而是利用飲料吧的免費霜淇淋攝取糖分。單人用的平面式座位，裡頭的空間就像要脫鞋才能走進的和室房間一樣。我盤腿而坐，檢查錢包裡剩多少金額，要是利用網咖的夜間收費方式，我們兩人還能再繼續當一陣子網咖難民。當我深夜微微入睡時，從若槻直人所待的隔壁隔間裡傳來吸鼻涕的聲音。我原本猶豫著該不該出聲叫他，但最後還是裝作沒聽見。

九月二十九日・星期一

在明亮的陽光下，澀谷車站前的十字路口滿是熙來攘往的人潮。我們決定坐上井之頭線，到終點站吉祥寺車站看看。我知道吉祥寺這個地名。這條街常在我們喜歡的漫畫中登場。某本漫畫的附錄裡，畫有住在這條街上的漫畫家日常的生活，而且它不就是知名的動畫工作室STUDIO 4°C所在的市街嗎？

可能是連日在狹窄的空間裡過夜的緣故，我全身肌肉僵硬，再加上一直沒熟睡，整個人懶洋洋的。我們哈欠連連地通過驗票口。電車內人滿為患。有看起來像上班族的人、像玩音樂的人，也有低頭看劇本的人，形形色色的人皆有。我想像他們全都是在東京生活的人。看在他們眼裡，我們不知道是什麼樣子。要是他們知道坐在我身旁的少年，就是高一生殺人事件的兇手，肯定會大吃一驚。對他們而言，這是螢幕上提到的資訊轉化為實體呈現在眼前，所以或許會像見鬼一樣，驚訝不已。

「之前從學校窗口看見電視臺的車輛時，心裡總覺得很沒真實感。」

「我覺得隔著電車窗戶看到的這些風景，或許全都是夢。」

「金城已不在人世這件事，是真的嗎？」

「是真的。因為我親手觸摸確認過。」

電車通過一處長滿植物的場所。天空無比蔚藍，刺眼的陽光與扶疏樹影交互出現。我睡眠不足的腦袋逐漸麻痺。

「金城為什麼會做那種事呢。」

若槻直人道。

「那種事？」

7. 集合了電影、音樂、圖書等各類文化商品的連鎖店。

8. 《潛龍諜影》是知名系列遊戲，主角名為Solid Snake。遊戲過程時常要以閃躲不讓敵人發現的方式進行。

「那種事不方便在這裡說。」

我望向他的側臉。那工整的五官，就像擺在美術館裡的白色陶器般，而且不是少年，是少女。我想起和金城輝有關的不良傳聞。一名到我們學校當實習老師的女大學生，某天突然再也不來了。還有隔壁市街的女國中生自殺。

「金城曾經命令我殺貓。」

聽說是抓住一隻戴項圈的貓，狠狠加以折磨、虐待一番。若槻直人從金城輝手中接過一把剪刀，依照他的命令傷害那隻貓。在場的高二生高木洋介似乎看了覺得不舒服，但金城輝就像在觀察似的，目光始終不曾從那隻貓身上移開。

「那就像在進行實驗，看折磨到什麼程度，動物才會死。他露出很正經的表情。最後，那隻貓以空洞的眼神望著我，就像在對我說『請殺了我』。我想，那隻貓最後的願望，就是要我直截了當地殺了牠。在那天早上之前，牠應該都是備受飼主疼愛，過著很正常的生活。在那一刻到來之前，那隻貓完全沒料到自己會死在這一天。為什麼金城要做那種事？」

電車的行進聲和搖晃，令人覺得很舒服。雖然此時的談話內容很可怕，但車內卻相當明亮。我合上眼，隔著眼皮仍可感覺到交錯而過的樹影和陽光。在亮光下，眼皮的微血管一一浮現，像樹根似的紅色物體才剛浮現，旋即又變暗。像這種時候，我的意識透過肉體與這世界接觸。而肉體已經崩毀的金城輝，已無法與這世界接觸。這種沒有真實感的感覺，或許他也感受到了。不管做什麼，都沒有真切的感受，也許他就是過著這樣的生活。

「對了，我看我去自首好了。」

若槻直人像突然想到似的，如此說道。電車在即將抵達吉祥寺車站時，緩緩滑進月臺。

「不過在那之前，我有個提議。山羊逃脫是明天的事對吧？」

山羊會從動物園逃脫，闖進駒込車站，最後坐上山手線。

那張報紙上刊有這篇報導。

「既然難得來到東京，我們就去確認一下這件事究竟是真是假吧。」

「我不反對。」

「嗯，就這麼決定了。等看過山羊後，我就去自首。」

我們走下電車，順著人潮移動，不知不覺間來到了井之頭公園。那是一處有整排大樹，氣氛絕佳的場所。我們坐在長椅上，望著在池上移動的天鵝船。井之頭公園這名字我也曾經聽過，是在電視上還是漫畫上呢？我試著憶起最早是從哪個媒介上得知，但還是想不起來。自己的身體來到一處只憑資訊認知的知名空間，說來還真是不可思議。吹過池面的風，碰觸我的手臂，從旁掠過。鞋底感受到地面。唉，為什麼我會在這種地方呢，我不禁興起這種感慨。

「至少在十月二日之前，你不要去自首，好嗎？」

「為什麼？」

在那天之前如果沒被捕，或許新聞報導的內容就不會成真。不，話說回來，未來有辦法改變嗎？見我一直沒說話，他似乎有話想說。

「怎麼了？」

「我想到了《十月二日遲來》[9]。」

他不安地望著我。

「哎呀，真有意思。酷哦。不過，要是不知道這句話背後的由來，可就有點冷了。」

不過，他是什麼時候決定要自首的呢？與他在網咖用電腦與人互通郵件有關係嗎？雖然不清楚他寫信給誰，但此事令我掛懷。

「我總不能一直逃下去。我得跟警方說明白才行。說明我是怎麼殺了金城。」

天鵝船在池面上滑行，呈現出波光瀲灩的景象。被打散的亮光，折射至若槻直人臉上。我們彼此都變得少言寡語。

我們一直在避免聊及那起事件。但不知為何，當時我突然覺得有件事我應該問個清楚。或許剛才感到掛懷的事正是主因。

「他真的是你殺的嗎？」

他臉上泛起微帶自嘲的笑意。

「你怎麼現在還這樣問……我對金城恨之入骨，甚至覺得光殺他一遍還不夠，想一遍又一遍地殺他。」

「那麼，我可以問你那天晚上的事嗎？」

「好啊。」

九月二十五日深夜，他為了殺金城輝，特地帶著菜刀離家。

「是金城找你出去的嗎？」

「我待在家的時候，收到他寄來的郵件。」

若槻直人取出手機，打開電源。看來，他已決心要去自首，就算因為電波而被警方查出他的所在位置，他也不在乎了。他打開信箱的收件匣，讓我看手機螢幕。他已開啟九月二十五日晚上十一點十四分接收的郵件。是金城輝寄來的最後一封信。

「十二點到琴葉橋下來」

若槻直人回信道「知道了」。

9. 真正的書名是《十月一日遲來》（October The First Is Too Late），作者為弗雷德·霍伊爾（Fred Hoyle）。

「所以你在那個時間前去，金城人就在橋下是嗎……」

「我決定提早到。想提早三十分鐘去，先躲在橋下的草叢裡。因為我想出其不意。」

若槻直人停好自行車，將它藏在草叢中，自己則是走下河堤旁的水泥階梯。

「河堤上有一支球棒。一支凹凹凸凸的球棒。我看了之後，覺得用它可能比較好……」

他更換武器。藏身在橋下暗處，等候金城輝前來。

「金城抽著菸走下河堤。在正十二點的時候。」

香菸的火光突然在河堤上亮起。那小小的紅點沿著樓梯而下，來到河川旁停了下來。若槻直人定睛細看，在頭頂那座橋的路燈照耀下，隱隱可以看見那頭金髮。河水沖刷著河岸的石頭，潺潺而流。若槻直人走出草叢，掄起球棒，朝金城輝後腦揮落，共揮了五棒。將他打倒在地後，仍繼續毆打他，最後再用菜刀刺向他胸口。

一陣風吹來，撼動井之頭公園的樹木，傳來一陣沙沙聲。風的存在，令我想起自己的房間。這裡吹的風，哪天也會經過空中，從我房間的窗邊掠過嗎？

若槻直人準備關閉手機電源。我請他再讓我看一次金城寄來的那封信。我並非對此特別感興趣，而是當我看到那封簡短的郵件時，有件事令我感到在意。

「金城將矢鴨橋說成是琴葉橋嗎？」

發現他屍體的那座橋，正式名稱是琴葉橋。但自從發現中箭的野鴨後，就改稱為矢鴨橋，連計程車司機和公所人員也都這樣稱呼。金城輝寄來的郵件寫的是琴葉橋，難道他一直都採用這個稱呼嗎？不過，如果是用手機輸入，用矢鴨橋來表示應該比較簡短才對。比起輸入「琴葉橋」（ことのはばし），輸入「矢鴨橋」（やがもはし）所要按的數字鍵比較少，為什麼刻意要在郵件中打上比較麻煩的名稱呢？是因為輸入預測而打出這樣的文字嗎？還是說，這會因為手機的機種而有所不同？

「感覺好像不是因為這樣。」若槻直人說。

「就是說啊。」

這只是個無需在意的小事。我關閉手機電源，站起身。

「我們快點離開這裡吧。」

手機發出的微弱電波，或許會洩漏我們的所在地。若槻直人伸了個懶腰。

「明天我看完山羊後，就會去警局。松田，你就回家去吧。你和我同行的事，我不會跟任何人說的。你只要說自己是離家出走就行了。」

我們離開公園，走進位於吉祥寺車站附近的一家大型電器行。這家電器行在全國都有連鎖店。若槻直人在這家店的集點卡裡存有數萬圓的點數。明天去自首後，將會有好一陣子無法過正常的生活，所以他似乎決定趁現在全部花光。他到設有電玩賣場的樓層，以點數買下PSP和幾套遊戲。我們搭電扶梯到一樓的途中，一整排大型電視正在播放新聞節目，我們就此駐足。

播報員正在報導本月二十五日深夜發生的高一生殺人事件。除了疑似重要關係人的少年之外，還有同班的另一名少年也離家出走。兩人似乎一起行動。這些新聞經播報員朗讀報導，向全國傳遞。

「沒關係的，我沒放在心上。因為他說的也是事實。」

我從電視前離開，對若槻直人如此說道。他一臉歉疚。警方也開始對我展開搜查了，應該也已查出我用ＡＴＭ提款的事，同時一併調過監視器的錄影紀錄。原本我打算將那天穿過的衣服洗過後重新穿上，但照這樣看來，最好還是別這麼做。如果得知我用過車站前的ＡＴＭ，肯定會在那一帶四處打聽，展開搜查。或許還能取得目擊情報，得知有兩名少年站在高速巴士乘車處。如果是這樣，也會得知我們前往東京的事。警衛和店員的目光教人害怕，我們很自然地加快腳步。若槻直人說，他不可能一直逃下去，說得一點都沒錯。就算逃到了東京，也還是轉眼就會被追上。猛一回神，發現我的臉正出現在電視的大螢幕上。那裡是攝影機賣場，連接電視的促銷攝影機鏡頭正好對準我，如此而已。

我們搭電扶梯來到一樓，前往出口，想到一處沒人的地方。我們從紅、白、橘，五顏六色的賣場前通過，看到各家手機一字排開。他們展示的各種手機陸續從我眼角掠過。最近智慧型手機的種類愈來愈多，但我們班上的同學幾乎都是用日本獨樹一幟的傳統手機。我記得金城輝用的也是這一類手機。

我想起若槻直人在井之頭公園讓我看的那封郵件。某個想像從我腦中掠過。

我在無意識下放慢步伐，最後就此停步。

店內播放的熱鬧曲子，從我耳畔遠去。日光燈無比刺眼。大批客人從我兩側橫越而過。若槻直人在離我一段距離的前方轉頭看我。我感覺就像因貧血而即將昏厥一樣，視線朝四周游移。難道就沒有證據可以保證我的想法沒錯，或是否定我的看法嗎？

「你記得金城的手機是哪種機種嗎？」我問。

若槻直人不安地望向我。

「機種？」

「就手機的機型啊，是哪一種？」

他指向他身旁架子上整排的按鍵式傳統手機。

「我不太記得，不過應該是像這種吧。」

既不是摺疊式，也不是滑蓋式，而是直立式手機。

「我確認一下，不是觸控式面板對吧？上頭沒附電腦式鍵盤，是很常見的那種手機對吧？」

「嗯。不過，這有什麼關聯嗎？」

我搖了搖頭。

「我在看了那則新聞後，覺得有點頭暈。」

肚子也餓了，不妨吃點東西，稍微休息一下吧。我們討論後，決定走進附近的一家平價餐廳。我們在不會引人注意的一張深處桌位迎面而坐。朝菜單看了一會兒後，各自點餐。在餐點送來前這段時間，若槻直人打開他以點數買來的遊戲包裝，開始看起說明書。

「我去洗把臉。」

我如此說道，起身離席。我走進男生廁所的隔間裡，打開手機電源。很幸運地，收不到訊號。這麼一來，就不會被天線攔截到微弱電波，讓我們所在的位置被鎖定，不過這只是我外行人的看法。

我抄下電話簿裡姊姊的手機號碼，走出廁所，來到店門口附近的公共電話前。若槻直人所坐的桌位，被香菸自動販賣機阻擋，看不見我。我朝公共電話的投幣孔投入百圓硬幣。硬幣馬上從退幣口掉出，我大感納悶。看來，依照這公共電話的設計，如果不先拿起話筒，似乎就不能接受硬幣。經這麼一提才想到，這還是我有生以來第一次打公共電話。因為科學進步，手機普及。要是智慧型手機比現在更普及的話，或許連實體的數字鍵都看不到了。我按下姊姊的手機號碼後，過沒多久，姊姊馬上接起電話。

「喂？」

「姊姊嗎？」

「是你！」

「我沒時間了，妳仔細聽我說。」

「等等，你現在人在哪……」

姊姊相當慌張，聲音很聒噪。

「我沒事。我並不是受到脅迫，是我自己要跟他走的。我要拜託妳一件事。」

我從香菸自動販賣機後面探頭，確認獨自坐在座位上的若槻直人的動靜。他仍專注地看著PSP遊戲的說明書。

「可以請姊夫幫忙查一下警方的資料嗎？如果妳接受我的請託，我就告訴妳現在我人在哪裡。」

猶豫數秒後，傳來姊姊的回答。

「你想知道什麼？」

「金城持有的手機，它的製造商和形狀。接著查一下手機的數字鍵，看有無髒汙或故障。」

「數字鍵？」

「尤其是數字鍵『8』。如果那個鍵故障，我想知道是什麼時候開始故障的。」
「我知道了。」
「警方要逮捕若槻嗎？」
「應該會以重要關係人的身分將他拘留。」
「我也想知道金城身體的狀況，以及他是怎麼死的。」
「這不是你該知道的事吧。」
「這很重要。」
姊姊在電話那頭嘆了口氣。
「若槻他現在情況怎樣？」
「很一般。剛才我說的事，要多久可以查出來？」
「今晚之前。」
「晚上我再跟妳聯絡。要相信我，別追蹤電話來源。我現在正在查明一件很重要的事。」
和姊姊聯絡是一種賭注。因為警方也許看準我會主動聯絡，早已盯上姊姊的手機。不過慶幸的是，看起來不會有大批警力衝入店內。
「別替我擔心。再見。」
我簡短地向姊姊道別，掛上公共電話的話筒。

走出平價餐廳後，我們從吉祥寺前往中野，只因為我想看看中野百老匯[10]這處場所。我知道那裡有許多動漫相關的店家，迎合動漫迷和御宅族的口味。一位曾經去過東京的朋友跟我說「那裡是東京最深不可測的地方。是一處魔窟，絕對不能久待。要是在裡頭待太久，人會失去理智，再也出不來了」，令我印象深刻。

我們抵達中野百老匯時，已是傍晚時分，裡頭擠滿了放學回家的國高中生。雖說是抵達，但我根本不清楚自己是什麼時候走進中野百老匯。我們走在車站前的商店街，走著走著，人已來到這棟建築內。從一樓搭上電扶梯，莫名其妙就來到了三樓。我望著店家，走在那狹窄的通道上，結果一直在同樣的地方繞圈。老舊大樓的牆壁和地板、氣味，全都瀰漫著一股詭異的氣氛。東京竟然有這麼驚人的建築存在。「魔都東京」這四個字頓時浮現我腦中。我和若槻直人望著擺滿整排同人誌的店家，與角色扮演的店員擦身而過，口中不斷喃喃自語著「東京竟然有這麼驚人的建築」。

四樓沒人，有許多拉下鐵門的店家。在複雜的通道最深處，我們發現一扇門，看起來就像偵探事務所，上頭貼著一張寫有「因故暫停營業」的紙條。可能是門鎖

10. 是東京都中野區的一棟複合式建築，裡頭某些樓層以販售漫畫、模型、同人誌、電玩等相關用品為主，因此讓商場變成知名的御宅族天堂。

故障，門很輕鬆就打開了。沒有燈光，室內一片昏暗，但由於天花板設有採光窗，月光從上頭照進室內。中野百老匯內幾乎都沒窗戶，所以我們一直都沒發現現在已是晚上。

這裡似乎原本是咖啡廳。有幾張桌子，裡頭有皮沙發和長椅。地板積著薄薄一層灰，似乎有很長一段時間沒人踏入此地。這房間的主人今晚出現在這裡的機率有多高呢？我伸指在桌子表面滑了一下，傳來粗糙的觸感。我從堆疊的紙箱內找到一床小毯子，若槻躺沙發，我躺長椅。我們已不想再繼續睡網咖了。

深夜十二點，我確認若槻直人已沉睡後，悄悄起身。穿上鞋子走出房外。三樓挑空處的旁邊設有公共電話。我拿起話筒，投入硬幣，按下姊姊的手機號碼。姊姊先從遺體的事開始說起。

「根據司法解剖的結果，推測死亡時間是晚上十點半到十二點半這段時間。不過，他在十一點多時曾經傳送郵件，所以推測是在那之後被殺害。」

推測死亡時間，是依屍體溫度、死後僵硬、屍斑、角膜渾濁等現象來判斷，但想求出正確時間是不可能的。因此，通常都不光是憑屍體的情況來判斷，也會以屍體口袋裡的購物發票等東西當參考，來縮小時間範圍。這次似乎是以手機中遺留的發信紀錄來做為推測死亡時間的資料。

「若槻說他用球棒一共劈了五下。」

「嗯，有五處用棒狀物毆打的痕跡。當菜刀刺進金城胸口時，他似乎早已喪命。」

「那麼手機呢？」

「你真應該好好感謝我，因為我費了好大一番工夫才問出來。」

金城輝的手機果真如若槻直人所言，是直立式手機，聽說完全沒故障。姊姊還說出製造商和機型。我將它抄下。

「另外……」

「什麼事？」

「數字鍵8，上頭沾有血跡。」

疑似金城輝鮮血的一個直徑二公釐大的血花，就沾在8的數字鍵上。

「手機就掉在遺體身旁。也許他遭毆打時就拿在手上，也可能是從口袋裡掉出來的。」

我暗自想像。球棒猛力揮下，擊中金城輝的身體，血花往四周飛濺，其中一滴沾向掉落地面的手機。

「那滴血沒有被壓過或是擦到的痕跡對吧？」

「嗯，你之前說數字鍵8可能有問題，你為什麼會知道？」

「兇手是在沒按數字鍵8的情況下，寫下那封信的。因為日本的手機要輸入や行[11]，非得按數字鍵8不可。」

「你說的兇手是若槻嗎？」

「不，我說的是真正的兇手。」

「你在說些什麼……」

「妳還有從姊夫那裡聽到什麼嗎？例如事件發生當晚，現場附近除了若槻外，有沒有其他人？」

如果是有一名少年拎著沾血的鋁棒在路上走，任誰看了也不會忘吧。那畫面太震撼了。不過，要是有其他人呢？就算有目擊者，恐怕也會當他們是普通的路人吧？

「經你這麼一提，確實有一項報告令人在意……」

「怎樣的報告？」

「一名騎機車送披薩的店員，在晚上十點半行經矢鴨橋旁。他說與一名撐傘的人擦身而過。」

「撐傘？」

「嗯。」

「那天明明天氣預報沒說會下雨，這不是很奇怪嗎？所以目擊者也記得此事。」

「……性別呢？」

「聽說是個女孩。」

「像女孩的少年嗎？」

「不，是貨真價實的女孩。」

的確，那天帶傘出門確實古怪。我記得當天的天氣預報說降雨機率是零，但要是有人騙她說晚上會下雨，那不就有可能在外出時帶傘嗎？

有這個可能性的人，我正好認識一位。

但這又是為什麼？

血色從我臉上抽離，我覺得想吐。在中野百老匯的異次元氣氛助長下，我感到一陣頭暈目眩。姊姊在電話的另一頭擔心地叫喚我的名字。我對她說，我該掛電話了。

「告訴我你人在哪裡。我們說好的。」

「我在東京。」

「在東京哪裡？」

「抱歉，我累了。下次再聊……」

「喂，等一下！」

「妳放心。他好像明天就會去自首。」

11. 矢鴨橋的「矢」字，其日文假名為や。

我沒告訴她，我打算加以阻止。

我不知道自己是怎麼走回咖啡廳的。當我回過神來，已打開那扇像偵探事務所的大門，站在冰冷的房間內。我悄悄躺向長椅，小心不吵醒若槻直人。當我望著管線外露的天花板時，他出聲對我說道：

「我還以為你不回來了呢。」

我面朝椅背，閉上雙眼。儘管屋內一片漆黑，仍舊感到暈眩不止。身體明明沒動，卻感覺宛如置身在隨波搖晃的船上。

4

九月三十日・星期二

我醒來伸了個懶腰，若槻直人正在玩他的PSP。他似乎借用插座充電，雙肘撐在角落的一張小桌子上，按著PSP上的按鈕。清晨的陽光從天花板的採光窗照入。我在廁所洗完臉後，在房裡發了一會兒呆。見我嘆氣連連，若槻直人不時轉頭看我。我們彼此鮮少交談。

正午時間即將到來，我們開始準備出發。看到拂去塵埃的沙發後，這個房間的主人或許會認為有人闖入。整理完畢後，我背起背包。裡頭塞滿兩人份的髒衣服。雖然想找地方洗衣，但或許已沒這個必要。如果我今天沒能阻止若槻直人去自首，這場逃亡生活便會宣告結束。

我們離開中野百老匯，走進一家小餐館。我們在炸魚的吸引下，點了一份今日定食特餐。店內有一臺傳統的映像管電視，正在播放午間新聞。

「山羊！」

原本喝著味噌湯的若槻直人，望著電視大叫。上頭正播出像是直升機拍攝的影像。在大樓包夾的狹窄巷弄裡，有個白色小點一閃而過。畫面旋即切換，播放位於東京的動物園入口。

「報紙上不是提到過嗎？」若槻直人說。

「卡在陽臺上的那張報紙嗎？」

「嗯。」

之前我將那張報紙摺好收進口袋裡。我取出它，將它攤平。若槻直人往我手中的報紙窺望。

電視上仍繼續播放山羊的新聞。人行橋上停下腳步，以手機拍照的看熱鬧人群。明明是綠燈，卻停著不走的車輛。因驚訝而後退的人潮。急著想要抓住牠的工作人員，他們手裡握著像捕蟲網般的巨大網子。是動物員的飼育員嗎？攝影機從人群中捕捉到山羊在都市中飛奔穿梭的白毛身影。

牠以羊蹄在柏油路上行走，發出卡噠卡噠的聲響，前腳搭在計程車的引擎蓋上，跳上了車頂。就在那名大為吃驚的司機頭頂，將車身踩凹，接著輕盈地躍向後方的轎車車頂，車身微微搖晃。牠就像走在岩地頂點般，悠然地轉動那頂著羊角的腦袋。牠回望那些在路旁大排長龍的看熱鬧人群，以及從大樓窗戶探頭的人們，一副搞不懂他們在想什麼的表情。發出隆隆聲響，從上空飛越的直升機，慢慢靠近、想加以捕獲的工作人員，但山羊像騰空似的，展開驚人的跳躍。越過巨大的捕蟲網，從那些萬萬沒想到牠會往這邊跑來，而不知該往哪裡躲的看熱鬧人群間，採蛇行的方式快速穿梭，消失在大樓間的低谷。根據播報員的說明，山羊是今天早上趁飼育員一時疏忽，逃出動物園的。

那張後天的報紙登出一則標題為「山羊的行蹤」的報導。據報導所述，逃出動物園的山羊接著闖進駒込車站，坐上下午四點十七分發車的山手線外環電車，之後被抓住。

「報導成真了！這是來自未來的報紙！真是fantasy！我知道，像這種情況就該說fantasy！」

「拜託，別一直fantasy說個沒完。」

我將報紙收進口袋。若槻直人很興奮，但我卻全身發毛。如果報紙往現實邁進一步，那麼，若槻直人自殺的未來，不就也很確實地往前邁進了一步嗎？

我們決定下午四點前趕往駒込車站。在那之前，我們在東京漫無目的地閒逛。我們先在新宿車站下車，參觀東京都政府。西新宿的超高大樓，頂端顯得有點迷濛，帶有一股神殿般的莊嚴聳立眼前。此刻在我眼前的是非現實的風景，如果說這是CG圖，反而還比較有說服力。我站在筆直往前無限延伸的道路旁，仰望那超高大樓，對若槻直人這樣說道。

「在教室裡，其實大家都想幫你。」

他因大樓的強風而一陣踉蹌，同時點了點頭。

「嗯，我知道。」

「大家都在心裡向你道歉。我們都看到了，卻又裝作沒看見，心裡覺得很對不起你。」

我們從新宿車站出發時，在售票機前排隊。要是我們其中一人迅速買好兩人份的車票就好了，但因為我們堅持要用自己的錢包付自己的車票錢，結果遇上倒楣事。當輪到若槻直人，他正準備投幣時，一名穿西裝的大叔搶了進來，一把推開他。若槻直人怯生生地說道：

「先生……」

大叔不予理會，自顧自的在售票機的觸控面板上操作。若槻直人繼續叫喚他。大叔迅速買好票，改變方向，準備朝驗票口奔去。偏偏很不巧被大叔撞到了肩膀，若槻直人手上的錢包掉地，零錢在售票處地板散落一地。那名插隊的大叔一時間停了下來，露出歉疚的表情，但還是馬上逃離現場。若槻直人則是將十圓、百圓硬幣一一拾起，我也在一旁幫忙。在售票機前排隊的其他人則是避開我們，另外排成一列，又開始購票。可能是聽到吵鬧的聲音，我看到站務員往我們這邊走來。硬幣撿到一半，我直接拉若槻直人站起身，逃離現場。我們到其他購票處的售票機買了車票，進入站內。走上山手線的月臺時，若槻直人在樓梯半途停下腳步。

「向來都這樣。」

若槻直人倚在牆上說道。我站在他上方幾階，為了不妨礙其他乘客上下樓，我也靠向牆壁。

「每次來到外頭，就覺得會有不好的事發生。就算是在郵局也遇過同樣的事。我在排隊，結果有人插隊。我出聲提醒，對方卻裝作沒聽見。」

「每個人一生當中都會遇到這種事。我也是。今天剛好就是這樣的日子。」

大批人群熙來攘往，從我們身旁避開，似乎覺得我們很礙事。車站的廣播、人們的對話，還有腳步聲，使得車站內無比喧鬧。

「剛才那個人一定是心想，如果是這小子，應該不會有事，所以才刻意插隊。他看了我之後，覺得我看起來很懦弱。我之所以會被金城盯上，也是同樣的原因……」

可能是電車到站，從月臺走下的人突然變多。人們把樓梯擠得水洩不通。我豎起耳朵仔細聽若槻直人說話。

「殺了金城，就再也不會在教室裡被人脫褲子，也不會再被勒索。不過，一切還是都沒變。」

「雖然你說是你殺了他……」

「我用菜刀刺死了他。」

「不過，當時他已經被球棒打死了，你最後只是朝倒地喪命的金城胸口再插上菜刀而已。你其實沒殺他，對吧？」

若槻直人望著我，極力不讓通過樓梯的大批人潮給沖走。他眉間浮現皺紋，一副泫然欲泣的神情。

「你知道阿撒瀉勒（Azazel）的山羊嗎？」

若槻直人問。

「阿撒瀉勒？」

都市風景緩緩從窗外流逝。

「是個神話故事。阿撒瀉勒是墮天使，同時也是荒野的惡靈。在遠古的猶太習俗中，有個儀式叫作阿撒瀉勒的山羊。我是山羊座，所以對山羊相關的事有點研究。這是真的會舉行的儀式。」

祭司一年一度會挑選兩隻公山羊，一隻獻給上帝，一隻獻給阿撒瀉勒。為了用獻給上帝的山羊的血來贖罪，牠會被宰殺。而另一方面，獻給阿撒瀉勒的山羊，祭司會在所有民眾告解說出自己的罪後，讓牠背負眾人的罪，放回荒野。

「牠就此背負著眾人的罪，被遺棄在荒野。這就是阿撒瀉勒的山羊。又稱作贖罪的山羊。」

從新宿車站搭上山手線外環車廂，裡頭相當擁擠。我們站在門邊，隔著玻璃窗望著車外景致。設在電車車門上方的液晶螢幕有數位時鐘顯示，我們預定於下午四點抵達駒込車站。那隻闖禍的山羊目前似乎一樣在東京逃亡，穿梭於各大樓間。一群女國中生望著附電視播放功能的手機，語帶興奮地叫著「山羊，快逃！」。追逐山羊的各家電視臺攝影機，似乎正忙著東奔西跑。

「你的意思是山羊代為扛罪，人們的罪過就此一筆勾銷？」

「嗯，因為山羊背起了罪，將全部帶往荒野。若不這麼做，人們會承受不了自己沉重的罪過。」

窗外流逝的高樓大廈，令我感受到神話世界的莊嚴感，看起來更顯荒涼。隨著電車搖晃，我有種在這都市中徘徊的感受。

我試著向他詢問那起事件。
「二十五日深夜在矢鴨橋上，除了你和金城輝之外，應該還有其他人。你見過對方嗎？」
經過數秒的沉默後，若槻直人頷首。
「其實原本是我想那麼做，但當時金城已經被殺了。所以我拜託他們兩人，那件事就當作是我做的。」
「兩人？」
「是本庄和佐佐木。」
聽到這名字，還是帶給我很大的震撼。我早料到是本庄希，但我沒想到與她交往的佐佐木一樹竟然也在。
「我從佐佐木手中接過鋁棒，要他們兩人快逃。道別時，佐佐木對我說『你如果沒被警察逮捕，就寫mail給我。我的電子信箱就寫在部落格上』。」
本庄希和佐佐木一樹離開了現場。若槻直人以自己帶來的菜刀刺向金城輝，然後拎著球棒走在街上。旋即在商店街入口處遇見了我。
「我寫信請佐佐木告訴我，他總共揮了幾棒。警方問到時，我想盡可能說得逼真一點。」
他之所以沒馬上自首，還躲藏了數天之久，似乎是為了保有同樣的資訊，為了讓若槻直人的證詞與間接證據不至於有出入。二十五日深夜，他們應該是沒時間串供。若槻直人寫信的對象，就是佐佐木一樹。

「不過，你為什麼會知道人不是我殺的？」

在昨天之前，我原本也認為他是兇手。動機很充分。那把刺進胸口的菜刀，似乎也是他自己買來的。

「當本庄出現在新聞畫面上時，你馬上便發現是她對吧。」

在網咖裡，電視上播出記者在校門前採訪學生的畫面。當時本庄希從背後走過，她正好放學。

「你竟然能認出她就是本庄。因為那天是她第一次不戴眼鏡，改戴隱形眼鏡，給人的印象截然不同。但你卻能認出她來。你是不是在哪裡見過本庄沒戴眼鏡的模樣？看來也就只有二十五日深夜了。因為你二十六日那天，整天都待在我房間的壁櫥裡對吧？」

若槻直人起初露出欽佩的神情，但接著他嘆了口氣，搖了搖頭。

「那天晚上本庄確實沒戴眼鏡。」

「為什麼？」

「好像是金城想侵犯她，她在反抗的過程中，眼鏡掉了……」

若槻直人若無其事地用了「侵犯」一詞，令我感到有點納悶。

「是那時候踩壞的嗎？」

「嗯。」

二十六日當天在學校時，本庄希自己也說過，她昨晚踩壞了眼鏡。她說的是真的嗎？

「不過你想多了。就算她沒戴眼鏡，我一樣認得出她來。」

「咦，真的？我都是靠眼鏡來認她呢。」

「我認得出來。」

若槻直人自信十足地應道。也許他常盯著本庄希看，不會因為她沒戴眼鏡就認不出她來，所以才會毫不猶豫地替她扛罪是嗎？

我想起在我房間的壁櫥裡，或是在網咖的個人包廂裡，若槻直人蜷縮啜泣的模樣。他並非是個堅強的人。我知道他已下定決心，就算死也不會說出真相。因為這一切都寫在後天的新聞報導中。只要他供出自己的犯行後上吊自殺，就算他說的話有矛盾，也無法追查。本庄希和佐佐木一樹也不必害怕他們的罪行會曝光。若槻直人想讓他們的罪一筆勾銷。他肯定是在接過鋁棒時，就認定這是他唯一能做的事，以此報答班上唯一肯和他說話的同學。

不久，電車抵達了駒込車站。

山羊闖入車站月臺，大約花了三分鐘的時間就被抓住。但對我們來說，卻感覺時間過得很緩慢，一切彷彿都在寂靜中進行。

下午四點十六分。

往東京的山手線外環電車逐漸靠近月臺。

直升機的聲音從車站上空通過。

同時傳來尖叫聲。

周遭人都轉頭看是怎麼回事。

穿過東口驗票口，正準備走上樓梯的人們，紛紛大吃一驚，緊貼著牆壁。

樓梯下方傳來卡噠卡噠的羊蹄聲，從前面看，正好看到長著V字形長角的羊頭。那白色體毛比想像中還要好看，宛如初降的白雪。雖然肩寬頗窄，但遠比街上看到的狗來得大。雖然沒有強大的力量，但牠那女性般的五官和體型，令人感受到一股神聖的氣蘊。在眾人的屏息凝望下，牠漫無目的，平靜地走著。

山手線電車抵達月臺，打開車門。最早從電車裡走出的人，看到那純白色的生物後，就此停步。後頭的人卡住無法動彈，本想出言抱怨，但是當山羊進入他們的視線後，個個都目瞪口呆。

山羊轉動牠那長角的羊頭，朝眼前敞開的電車門望了一會兒，接著後腳一蹬，跳進了車內。原本車內的乘客皆大吃一驚，與山羊保持距離。我們隔著玻璃窗看到那一幕。

駕駛和車掌似乎也發現情況有異，電車門既沒關上，也未發車。每個人皆停止交談，靜靜注視眼前的情勢發展。就連原本忙著用手機寫郵件的人，也停下拇指的動作。也沒聽到廣播。平時理應無比喧鬧的車站月臺，頓時鴉雀無聲。

直升機的聲響再度從上空通過。

我與若槻直人互望一眼，也跟在山羊後頭，跳進車廂內。

山羊在車廂內昂首闊步。每踏出一步，便發出羊蹄聲。車廂內約有二十人之多，有人站起身提防山羊靠近，有人則是全身僵硬地坐著。山羊在通道上前進，人們紛紛後退，或是往兩旁讓路。

穿西裝的大叔雙手張開報紙，眼睛緊盯著山羊瞧。一名小孩伸手想摸山羊，被母親制止。那全身覆滿白毛的身體，從一名中年大嬸的肥臀旁掠過。大嬸雙目緊閉，微微發出尖叫。一名在座位上睡著的大學生，完全沒發現有人類以外的動物闖進車廂。山羊嗅聞他手的氣味，以紫色的舌頭舔了一下。他這才從睡夢中醒來，發現周遭人都朝著他瞧，接著與面前的生物四目交接。

若槻直人走在每個人都被下了定身咒的車廂內，我也隨後跟上。這時山羊的注意力正好都放在女高中生的手機吊飾上。

若槻直人來到山羊面前。他伸長右手，以他那如同少女般纖細的手指摸向那隻生物的頭部。橫切面呈平坦三角形的羊角，形成一道和緩的曲線。若槻直人的指甲碰觸羊角的瞬間，傳來叩的一聲。如同水滴落洞窟時一般，傳來了清澈的迴響。

山羊轉過頭來，鼻尖朝向若槻直人。

特別開闊的異樣雙瞳。

若槻直人與山羊四目對望。

「嗨……」

他出聲喚道。

「外面的世界好玩嗎？」

山羊沒回答，就只是靜靜望著眼前的少年。

緊接著下個瞬間，一群身穿工作服的大人從車廂入口魚貫而入。我這時才猛然發現，月臺上聚滿了站務員、警衛，以及像是飼育員的人們。巨大的捕蟲網套向山羊頭部，山羊只抗拒了一會兒，之後便沒再抵抗。我們默默注視著那頭山羊被大人們帶走。

結束車廂內的檢查後，車站內又恢復平時的喧鬧。那名手被山羊舔了一下的大學生，頻頻以手帕擦手。電車發出即將出發的廣播，車門關上。我們就這樣坐上山手線電車。

「那頭山羊自己也很清楚，牠哪裡也去不了。」

若槻直人說。車廂內的人們臉上仍帶著興奮之色。
「能遇上，真是太好了。」
「你真的要去自首？」
「我希望你別跟警察說。就當我是兇手吧。」
「那天晚上，找你出去的那封信是……」
「我知道。不過我覺得無所謂。」
電車行駛期間，我從口袋拿出那張報紙細看。要讓他看背面的報導，請他延後兩天再去自首。
電車即將抵達秋葉原車站。車門開啟，乘客下車，就在車門即將關閉時，若槻直人突然站起身走向月臺。我因為正在看報紙，一時來不及反應。我想跟著下車，但車門就在我面前關上。
電車開始行駛，月臺逐漸往後退。我手指搭向門縫，使足全力想打開車門，但電車已早一步展開加速。他站在逐漸變小的月臺上望著我。
「你這個笨蛋！傻瓜！」
我發現一切為時已晚，無比懊悔，朝車門拳打腳踢。
他應該是打算去派出所吧。打從一開始，這就是他的目的。為了替本庄希和佐佐木一樹扛罪，最後他非得被逮捕不可。這幾天的時間，不過是用來和佐佐木一樹通信，好問出犯案時的詳細狀況罷了。是為了瞞過大人，不讓他們發現真相的準備期間。

最後，我在東京車站下車。我不知道接下來該怎麼做，就在車站內徘徊。要和若槻直人一樣，去派出所請他們保護我嗎？警方應該也在四處找我。只要我主動開口，他們一定會馬上抓住我。幾經猶豫後，我還是沒前往派出所。我決定用剩餘的錢買新幹線的車票，返回我家。那裡有我和若槻直人就讀的高中，空中有一條風的通道。那座市街是我的故鄉。我決定在那裡和本庄希見面。

十月一日・星期三

當我從東京轉搭新幹線和私鐵回到市街時，已是半夜。我小心不讓人發現，在網咖裡住了一晚。我擺在停車場的那輛自行車似乎已被收走，遍尋不著。我用私人包廂裡的電視收看新聞節目。在駒込車站被捕獲的山羊，比我那位向警方自首的山羊座朋友更受到媒體青睞。我切換頻道，用電腦上網瀏覽，蒐集目前在外頭流傳、與若槻直人有關的各種資訊。也上網調查金城輝的手機。我以製造商和型號搜尋，取得各種資訊。我小睡片刻，等醒來時，已經天亮。

我在中午前出發。來到外頭一看，藍天之上綿延著雲朵。我將沉重的背包寄放在車站前的置物櫃裡，步履輕盈地朝高中走去。這市街依舊如昔。看慣的建築、招牌、天橋，儘管如此，還是覺得生疏。可能是因為我在行走時，很懼怕旁人的目光吧。因為已見識過東京的街景，所以眼前開闊的天空和綠意令我深受感動。

高中的大門出現在眼前。雖然新聞報導了若槻直人向警方自首的消息，卻不見媒體採訪車群聚校門口的景象。世人的興趣已轉往他處。從操場的方向傳來學生們熱鬧的聲音。我在後方的雜樹林裡等候午休時間到來後，進入校園內。

我人在校舍裡，朝教室走去。幾名與我擦身而過的學生，轉頭望向身穿便服的我。這樣子很顯眼，我原本想先回家換上制服，但我絕不能被人發現，所以只好打消那個念頭。我沒在走廊上被老師叫住，順利抵達了教室，實在很走運。

教室裡約有十幾名同學在。其他人可能是到校園餐廳或其他地方吃午餐去了。我走進後，同學們紛紛停止交談，現場鴉默雀靜。眾人目光全往我身上匯聚。他們肯定從今天一早就不斷在談論若槻直人被逮捕的消息。而我至今仍未被拘留，下落不明的事，或許也是眾人討論的話題。

「松田，你……」

一名和我感情不錯的同學湊了過來，想和我說話。

「好久不見了。」

我回了一句，從他面前走過，走向我靠窗的座位。後方是本庄希的座位。她似乎是從福利社買來總匯麵包和牛奶，在自己的座位上吃。已經看不到麵包，但是插著吸管的鋁箔包仍在。那看起來一本正經的額頭輪廓、腰板挺直的坐姿，臉上沒戴一般眼鏡，而是戴隱形眼鏡。

一看到我，本庄希大吃一驚，嘴脣微張。

我側身坐向椅子，背倚向窗邊，感覺輕鬆多了。這樣方便和坐我後方的本庄希交談。同學們遠遠圍著我們瞧。有人離開教室，或許是去找老師來吧。

「松田，大家都在找你呢。」

她聲若細蚊地說道。

「聽說若槻在東京被捕了……」

「只有我回來了。」

她因為緊張而遲遲說不出話來。

「你幫助他逃亡嗎？」

「可以這麼說。」

「為什麼不找我商量？」

「因為班長妳太一本正經了。」

我做了個深呼吸，讓肺裡盈滿空氣。

我環視教室，有種懷念的感覺，令我感到驚訝。不久前，這還是很理所當然的風景啊。此刻卻感覺我不屬於這裡。

「我沒時間了，直接切入正題吧。我有話想跟妳說，是關於若槻所做的事。」

本庄希露出納悶之色。

「二十五日深夜，金城傳了封郵件到他手機，叫他去矢鴨橋。他離開家時，身上藏了一把事先買來的菜刀，似乎打算用它殺了金城。但把他找去的人並非金城。」

「這話怎麼說？」

「在吉祥寺的井之頭公園時，若槻讓我看了他的手機。然後我詳細詢問當時的情況。」

「吉祥寺?你們跑到那裡去啦?」

「嗯，然後我發現一件奇怪的事。金城寄來的信中寫道『到琴葉橋來』。寫的不是『矢鴨橋』，而是現在沒什麼人會用的正式名稱。我覺得奇怪，而做了一番調查，發現金城手機上8這個數字鍵，上頭似乎沾有血漬。好像是他被毆打時，手機掉地，就這樣飛來一滴血，沾在上頭。」

「然後呢？」

「從這幾件事，可以做兩種猜測。一，金城可能不會用『矢鴨橋』這個稱呼，他一直都用『琴葉橋』這個名稱。如果是這樣，那就沒有疑點了。如果說是金城寫了那封信找若槻出來，之後被他所殺，這樣可以說得通。」

「另一個猜測呢？」

「寫那封信的人，有可能在按數字鍵8時，感到猶豫。」

「寫那封信的人？」

「那個人之所以沒按數字鍵8，當然是因為上頭沾有血跡。這表示寫那封信，是在金城被毆打之後的事。因為他在被打得渾身是血的狀態下，不可能還會寫那封信。因此在那種情況下，寄信的人不可能是金城，但也不是若槻。」

「為什麼？」

「若槻沒理由寄信給自己。倒不如把這想作是為了叫來若槻而寄出那封信，還比較自然。也就是說，除了金城和若槻外，那天晚上還有其他人在橋下。那名寫信的人不想留下自己在場的證據。這是最優先考量的事，所以數字鍵8絕不能按。如果按下沾血的按鍵，血滴就會擴散開來。這麼一來，是在犯案後才寄信這件事便會穿幫。不過，把血跡擦除也伴隨著風險。也許會在按鍵與手機間的縫隙上留下血漬，或是原本理應留在上頭的金城指紋，也會一併消失。最後，此人應該是認為不要碰觸才是最安全的做法。他以不留下指紋的方法，例如用套著筆蓋的原子筆前端，避開數字鍵8，寫下那封信。不過，要輸入『矢鴨橋』，勢必得按下數字鍵8，以顯示『矢』的選字清單。所以他才會改用正式名稱，輸入『琴葉橋』。這麼一來，就沒必要按下數字鍵8了。」

她思考片刻後說道：

「如果是用選字輸入，或是其他輸入方式，應該能打出『矢鴨橋』才對吧？」

隨著手機機種不同，有幾種文字輸入法可供選擇。所謂的選字輸入，是只憑上下左右鍵和決定鍵來輸入文字的一種方法。

「金城所用的手機，並沒有對應選字輸入。」

「這麼說來，除了金城和若槻外，還有其他人也在場？」

「在我那兩種猜測中，如果真相是後者的話，就是還有其他人。我也認為是這樣。我蒐集了幾個可加以印證的資訊。證明當若槻趕到時，金城已遭真正的兇手殺害。」

「兇手是誰？」

「妳和佐佐木。」

舒服的陽光從窗口照進，灑落在課桌上。操場上有一群人在玩排球，傳來球的彈跳聲。待在教室裡的其他學生皆遠遠地站著圍觀，沒有要靠近的意思。我祈禱他們聽不到我們之間的對話。本庄希緩緩垂眼。她那顯得聰慧的額頭，因劉海而留下些許暗影。

「你們的計畫，原本應該很單純吧？找若槻出來，然後到某個地方報警。當警察來時，橋下就只有金城的屍體和若槻。他有行兇的動機，會以兇手的身分被逮捕，沒人會懷疑到你們頭上。但這時卻發生了意想不到的事。例如妳眼鏡掉落，不小心踩壞了。鏡片碎裂，非得撿拾碎片不可。在黑暗中做這件事頗花時間，你們因此延誤了逃亡。接著，若槻比郵件指定的時間提前三十分鐘到來。這很關鍵。他剛好也和你們一樣，計畫在同一天殺害金城。他提早前來，打算要埋伏。就因為這樣，他在你們離去前到來，與你們不期而遇。」

本庄希搖了搖頭。

「我有很多話想說，不過算了。首先，我不懂你為什麼會覺得我和佐佐木會出現在那裡。還有，為什麼剛好是同一天計畫要殺害金城？有這樣的偶然嗎？這可是殺人耶？」

「確實就像妳說的，一個很離譜的偶然。不過，這當中有些原因。妳和佐佐木選上二十五日晚上，以及若槻那天決定要殺了金城，而帶著菜刀出門，可能你們想的都是同一件事。如果是那天晚上，金城一定會單獨行動，這就是原因。總是和他一起行動的高二生高木，因為參加畢業典禮而不在了。對你們而言，那天晚上最適合達成目的。如果是其他日子，就算找金城出來，他也不見得會獨自前來。有可能會一次對上他們兩人。」

「可是，這全都是你的個人想像吧？舉個例子吧，像金城也有可能一直都把『矢鴨橋』說成是『琴葉橋』啊。」

「這點只要請警察調查就行了。如果是高木，或許會知道。應該很快就能釐清這點。」

「你聽我說，我和佐佐木和此事完全無關。非但如此，我還想幫助遭霸凌的若槻。我們不可能叫若槻替我們頂罪。」

那是懇求的神情。就像在請求我的原諒般。

我為什麼會這樣追究她的罪行呢？我們原本應該是朋友才對。

「不過，我知道你們所做的事。我全都知道。我也直接從若槻那裡聽說了。我不認為自己可以裝作不知道，和之前一樣過日子。」

不光同學，連其他教室的學生也全聚了過來。教室門口有大批學生探頭往內瞧，想知道發生了什麼事。

我感覺力量正從本庄希全身散去。

她肩膀微微垂落，原本的緊繃感就此化解。

她像是放棄般，嘆了口氣。

「……這麼說來，已經沒辦法了是吧。」

「若槻打算不對大人們說實話，我也不打算跟警方說。這是他想要的結果。我希望由妳和佐佐木自己跟警方說。如果是這樣，他應該也會原諒我。另外，若槻知道那封郵件不是金城寄的，而是你們寄給他的……」

為了讓他頂罪，而找他出來。

但他決定不說出真相，就此犧牲自己。

「若槻他一直都沒對我說真話。妳出現在現場的事，我是剛好透過其他管道得知。」

「怎麼得知的？」

「有個目擊情報指出，那天晚上，有名拿傘的女孩出現在命案現場附近。那就是妳吧？」

「那天沒下雨啊。」

「我知道。我那天早上看過天氣預報，知道不會下雨。」

二十五日的午休時，我和現在一樣，背倚著窗邊和她聊天。當時我騙她說今晚會下大雨，所以她才會帶著傘出門。

「我老早就知道，我們這個市街在那天晚上會發生殺人案。」

「老早就知道？怎麼知道的？」

「我知道兇手和被害人都和我同年。所以，為了不讓妳離開家門，我對妳說了謊。告訴妳今晚會下大雨，最好待在家裡。這麼一來，妳就不會變成受害者了……如果一直待在家裡，就不會被誤殺，不是嗎？但妳卻帶著傘出門。」

目擊者對那把傘有印象，清楚記得有個女孩出現在命案現場附近。那天晚上會下大雨的這個謊言，我只對她一個人說過。

「出發點明明是想幫妳，卻造成這樣的結果。說來還真諷刺。我不希望妳死，我一直很尊敬妳。因為我們是朋友，而且坐得又近。那天晚上，如果不是由某個人來頂罪，而是你們三人一起逃跑，警方一直追查不出兇手，那該有多好。雖然對金城有點抱歉。」

「我好害怕。」

她像是極力擠出聲音似的，小小聲說道。

「那天晚上，若槻突然跑來，計畫整個大亂，我心想，一切都完了。但那時候若槻卻對我們說，你們逃吧，我會當作是我做的。松田，我其實沒那麼堅強。你太看得起我了。」

「不過，有件事我實在搞不懂。妳的動機是什麼？」

本庄希與佐佐木一樹，到底有怎樣的過去，會讓他們想殺了金城輝？

她從我臉上移開目光，低垂著頭。她的眼鼻就像剛哭過似的，微微泛紅。這時老師出現在教室門口。是體格健壯、專門負責生活輔導的男體育老師。

「我得走了……」

我如此說道，站起身。這時她微微抬手，想抓住我的手腕。但到了半途停住，最後她還是把手擺回自己膝上。

「要是我能早點發現，和妳談這件事就好了。」

「就是說啊，你這個傻瓜。不過，我一直都沒說，我也有錯。」

體育老師見我沒有抵抗的意思，鬆了口氣。在同學們的注視下，我由老師陪同步出教室。我從走廊轉頭望向本庄希。她手裡拿著她在福利社買來的鋁箔包牛奶。她雙脣含著吸管，凝望著窗外。那是午休時常見的光景。操場傳來一陣喧鬧聲。明亮的陽光射進教室內，照得每張桌子熠熠生輝。

epilogue

至今我仍清楚記得。

那時候我剛上高中不久。

當時是春暖的四月。

在鬧鐘鳴響前，我已從夢中醒來，因為陽臺傳來狗的叫聲。

打開窗戶一看，陽臺上堆滿一地的櫻花花瓣上，有一隻小狗。

看來是從某處被風吹來這裡。

牠淡褐色的毛無比柔軟，五官也長得很可愛。

我伸出食指靠近牠，牠馬上以薄薄的舌頭舔拭，感覺好癢。

我家禁止養寵物。

為了徵求領養這隻小狗的主人，我在高中的電腦教室製作傳單。

製作傳單的工作一直進行得很不順利。

我停下工作休息，從電腦教室往外望，看見盛開的櫻花。

正當我加進小狗的照片，好不容易有了大致雛形時，身後傳來一聲叫喚。

「是公的還是母的，得寫清楚才行。」

一名戴眼鏡的女孩站在我身後。

是和我同班的本庄希。

「你在哪裡撿到這隻小狗？」

我告訴她，牠就卡在我家陽臺上。

一開始她根本不相信。

「風的通道？」

「沒騙妳，真的有。」

放學後，我帶她到我家附近。

在山丘下的公園裡，我指著天空。

她似乎覺得刺眼，瞇起眼鏡下的那雙眼睛。

市街的上空處，微微有一道粉紅色的線條。

猶如以沾滿水的淡色水彩顏料，在天空畫出一道線條。

大量的櫻花花瓣，乘著風之通道飛翔於天際。

風掠過我位於山丘上的住家，一路往天空的彼方綿延而去。

在教室裡和本庄希說完話後，我搭老師的車，被帶往警局，在那裡與我父母和姊姊重逢。姊姊一見到我，狠狠賞了我一巴掌。

大人們詢問我詳情，但我只說出自己和若槻直人同行的那幾天發生的事，對於本庄希和佐佐木一樹涉案的事則隻字未提。

我詢問若槻直人現在的情況，他們只說他正在接受訊問。

雖然協助嫌犯逃亡是錯誤的行為，但考量到這與案件無關，而且我還未成年，我最後得以和父母一同返家。不過，我受到嚴重警告，之後還得多次親自到警局接受訊問。

我回到位於山丘上的住家時，市街已籠罩在殷紅的晚霞中。由於已連續多日沒打掃，陽臺上積了大量的樹葉。我不在的這段時間，風似乎依舊不曾止歇。

當天下午五點，本庄希到學校旁的派出所自首。

聽說她在午休結束前離開教室，就沒再返回學校。

姊姊半夜打電話來，告訴我這件事。姊姊從姊夫那裡聽說，本庄希已供出一切。姊姊還透露了另一個悲哀的消息。

她先對我說了一句「你要冷靜聽我說」，接著才道出此事。

「我現在隱約明白，本庄為什麼總是想聽你說漂流物的事了。因為天亮時，會發現有各種東西卡在房間的陽臺上，是很酷的一件事。」

我再次見到若槻直人時，正好是我的生日。秋天已過，走在市街上的人們穿著大衣，似乎已感到寒意。

「這世上還是有非現實的事會發生。松田，和你在一起就會給人這種感覺，讓人有種欣慰感。聽你提到風之通道的事情時，那一瞬間讓我忘了難過的事。就像看小說和漫畫的時候一樣。所以本庄也很喜歡和你聊漂流物的事。」

一開始，我們彼此的表情都顯得很不自然。我們在速食店二樓的禁菸席，喝著廉價的熱咖啡。儘管迎面而坐，但我們仍舊沒有目光交會。我原本以為他會生我的氣，和我絕交，但他並未這麼做。我們以斷斷續續的對話互道彼此的近況，接著聊到本庄希。

若槻直人一樣是那張像女孩般的清秀臉蛋，看起來比九月底展開逃亡生活時還要消瘦。他有時會低頭望著地面，不發一語，凝視著咖啡杯。長長的睫毛在臉上留下陰影，咖啡的熱氣因他的嘆息而捲起一道漩渦。也許是這時候想起了她吧。

「對了，這個……」

我取出佐佐木一樹寄來的信，遞給了他。我與受警方保護的佐佐木一樹，曾有過書信往來。我想像不出若槻直人是以什麼樣的心情看這封信。

信中提到佐佐木沙也加和本庄勝美的事。

與金城輝有關的不良傳聞中，牽涉到一位前來當實習老師的女大學生，以及自殺的女國中生。那不是傳聞，而是事實。那兩名被害人的名字，分別是佐佐木沙也加和本庄勝美。她們的人生毀在金城輝手上，留下了汙點。雖然沒成為社會案件公諸於世，但她們的家人知道這是金城輝所為。

據信中所言，本庄希與佐佐木一樹在國中時代就因為同樣的目的而有接觸，彼此展開交流。兩人之所以選擇那所高中就讀，似乎是為了接近金城輝。明明可以上排名更高的高中，但本庄希卻報考這所高中，就是基於這個原因。她早在結識我之前，就已知道金城輝的存在。

若槻直人經過一番漫長的沉默後，將信紙摺疊好。我們沉默無語，望向窗外。車站前有個公車站牌。那不是我們之前去東京時搭乘高速巴士的站牌，而是平時我們每天早上所搭乘的公車的站牌。我們看到一群像是放學走在路上的高中生。他們時而拍肩，時而開玩笑地踢對方一腳，看起來充滿歡樂，穿的是不久前我們就讀的那所高中的制服。

我和若槻直人各自從書包裡取出通信制高中[12]的申請書和筆。

首先要填寫名字和年紀。

松田裕也。十六歲。

「他們兩人並沒有交往……」

坐我對面的若槻直人一邊握著筆寫字，一邊說道。

「嗯，好像是。」

佐佐木一樹在信中也提及此事。

「這麼說來，松田，本庄果然是喜歡你。」

「怎麼可能？」

「她和你聊天時，看起來很快樂。」

「那是因為我家的陽臺是娛樂製造機吧。不可能有這種事，我這還是第一次聽說呢。」

公車來到站牌前，載著高中生離去。

之後只留下車站前寧靜的景致。

12. 按照自己的進度在家中或學習中心學習，並取得畢業資格的函授制高中。

若槻直人停下手中的動作，喝了口咖啡。

我把臉湊向申請書，一面填寫空欄裡的項目，一面吸著鼻涕。

那是我在教室裡與本庄希談完話隔天發生的事。

十月二日，星期四。

天亮前，我騎著自行車衝下坡道。抵達我常去的那家便利商店後，買下所有報紙，在停車場找尋那篇報導。我旋即發現那似曾見過的排版畫面。與卡在陽臺上的那張報紙剪報完全一樣。

不知不覺間，我正邁步走向學校。在東方天空漸露魚肚白的時刻，校舍裡的空氣冰冷清澈。

我穿過走廊，走上樓梯，進入教室，那靠窗的座位上擺著一個小小的牛奶鋁箔包。是她昨天午休時喝的。

下午上課時，沒人拿去扔，一直留在原地。

老師和學生們繼續上下午的課，沒人知道她前往警局。

牛奶的鋁箔包裡吹滿了氣，無比鼓漲。

我是不是應該像之前和若槻直人一起逃亡那樣，牽著她的手逃離老師和警察呢？

她既沒回學校，也沒回家裡。

偵訊結束後，她前往警局廁所，就沒再出來。

眼前的鋁箔包裡，至今仍充滿了她呼出的氣息。

她人生的最後一天，在喪命前數小時的，最後的呼吸。

宗像與鋼筆事件

——中田永一

解說

中田永一以戀愛小說家的身分出道。他的小說讓人聯想到刊登在少年漫畫雜誌上的愛情喜劇漫畫。比起男女戀愛的微妙心理，他似乎對於那樣的狀況下所產生的樂趣更感興趣。本篇作品原本想透過班級審判來描寫少年與少女的邂逅，結果沒想到推理部分占有相當高的比重。雖然有以宗像為主角展開系列作品的企劃，但目前仍未接獲續集的相關消息。

（初刊載於《小說Subaru》二〇一二年二月號）

（集英社文庫《いつか、君へ Girls》收錄）

1

我就讀的小學，午休後是打掃時間，孩童們得打掃各班所分配的區域。我擦拭完走廊，正準備返回教室時，在樓梯處遇見夏川和井上。夏川手裡拎著一個似曾見過的東西。

「這是我在教室撿到的。因為我當時沒有抹布，只好拿它來用……抱歉！真的很抱歉！」

那是我的毛巾。我接過後，發現它吸滿了水，溼答答的，入手相當沉重。她有時會故意捉弄我，像是在我背後貼貼紙，或是從我身旁走過時，伸腳讓我絆倒。

五、六堂課預定要在自然教室做實驗。要是就這樣在樓梯上和她爭吵，恐怕會遲到。我急忙返回教室，結果大部分同學都已前往自然教室。我暫時先將毛巾掛在椅子上，從書桌裡取出課本、筆記本、鉛筆盒，趕往自然教室。夏川和井上這對二人組，稍後才走出教室。自然教室位於校舍一樓。當我順著樓梯往下走時，看見自然教室旁的廁所前貼著告示寫著「因進行檢查，禁止使用」。似乎男廁和女廁都不准使用，另外還附上一行提醒文字，要學生們改利用其他廁所。

這天的實驗內容，是觀察將各種水溶液滴在模樣像長條狀紙鈔的石蕊試紙後，會有什麼顏色變化。紅色的石蕊試紙會因鹼性溶液而變藍，藍色的石蕊試紙會因酸性溶液而變紅。每組開始分開實驗，不久，傳來高山的聲音。

「咦？怎麼會？為什麼？」

他將鉛筆盒倒過來，把裡頭的東西全攤在課桌上。

「怎麼了？」

國分寺老師向前詢問情況。國分寺老師是一位三十多歲的女性。

「我的鋼筆不見了。」

他的鋼筆是他生日當天，他父親送的禮物，高山相當珍惜，是價值數萬日圓的舶來品。我也曾近距離看過。筆身渾圓光滑，全身黑色，多處有金色的圓圈。像轉螺絲般旋轉取下筆蓋後，筆尖也是金色，背面設有溝槽。筆身內部的墨水，會順著裸露在外側的溝槽送往筆尖，這種構造對慣用原子筆的我們來說，相當不可思議。

最後，在實驗的過程中始終沒找到那支鋼筆。若說到其他發生的怪事，大概就是在班上都獨自一人、沒其他朋友的宗像，朝實驗用的食鹽水和檸檬汁舔了一口，結果挨老師罵這件事了。國分寺老師用數位相機拍攝各組的照片。她吩咐組長拈起變色的石蕊試紙，然後拍照。預定之後要彙整這次實驗，附上照片，貼在教室後方。第五、六節課都用來做實驗，中間有十分鐘的下課時間。有幾個人去上廁所，而我則是和班上的同學聊天。

待第六節課的下課鐘聲響起，這天的課程便全部結束。我們走出自然教室，往教室而去。等名為「返家會」[13]的班級時間結束，就能從學校解脫。回家後，按下飯鍋按鈕，在母親下班買現成菜回來前的這段時間，就來看看書吧。附帶一提，因父母離異，所以我沒有父親。我望向窗外，發現天空布滿烏雲，似乎會有一場大雨。上午明明天氣還很晴朗啊，我心裡這麼想著，和兩名好友走在走廊上。

走進教室後，先從自然教室返回教室的同學一看到我，馬上停止交談。無言的教室裡彌漫著一股緊繃的空氣。不知發生何事的我和兩名好友仍一臉納悶，這時，理著光頭，個性活潑的榎本向我喚道。

「山本，讓我看一下妳的書包吧。」我感覺到一股對我投射而來的敵意。「快回答。我要看妳的書包。裡頭放著鋼筆對吧？」

後來才得知，結束實驗返回教室的高山與他的朋友們，四處找尋不翼而飛的鋼筆。他們檢查課桌內、地板、講臺底下、走廊，最後榎本發現教室後方的層架上留有墨水的汙漬。黑板對面那側的牆壁，設有用來放書包的層架。那是縱向三層、橫向十二列的層架，大小剛好各足以放進一個書包。墨水的汙漬就遺留在我的書包旁。是

13. 日本中小學生在結束一天的課程後進行的班級時間，檢討這天的目標是否達成、有什麼好表現或壞表現等。

鋼筆用的黑墨水。同學們見狀，做出以下的猜想。

高山不是遺失了鋼筆，而是被人偷走了吧？遺留在層架上的墨水汙漬，該不會是藏進書包時，筆蓋脫落，筆尖抵向書包，墨水直接附在上面了吧？

「不、不是……不是我偷的。」

「讓我們看妳的書包。我們其實也可以自己打開來看，但我們一直等到妳回來。」

我點了點頭，從層架上拉出自己的紅色書包。這時我才親眼看到層架上的墨水汙漬。它就位在層板右邊靠近外緣的地方。我想將它擦乾淨，但感覺那墨水汙漬已無法完全消除。

當我抱住書包時，感覺裡頭有某個小東西在滾動，這令我有不祥的預感。打開書包後，榎本往裡頭窺望。他拿起書包裡的東西，比向高山面前。

「喏，找到了。」

從我書包裡取出的東西，是一支黑色筆身上幾乎到處都有著金色裝飾的鋼筆。

國分寺老師為了主持返家會而前來，見教室裡鬧烘烘的，大吃一驚。

「妳很羨慕高山同學嗎？」

老師誤會了。我家裡沒有父親，只有我跟母親同住。所以老師似乎以為我嫉妒高山他父親送他這麼名貴的禮物，才會做出這種事來。

返家會結束後，我被帶往教職員室。我始終都不承認這是我做的，所以老師也為之光火，說要打電話到我母親的公司。見我一直搖頭不從，她露出放棄的表情，打電話到我母親的公司。母親在稅務士事務所上班，剛好結束這天的工作，準備返家。她攔了一輛計程車，臉色慘白地趕往教職員室。

老師說完事情始末後，母親壓著我的頭，向我訓斥道：「喂，真琴，妳也道歉啊！」

「我……我……我沒做。」

我涕淚縱橫，只說得出這句話。老師則是一副「妳還想裝蒜啊？」的表情。我深感絕望。一定沒人肯相信我。但母親聽我這麼說，似乎感覺到了什麼。她戰戰兢兢地向老師問道：

「我家孩子說她沒做……這是怎麼回事呢？」

「可是山本媽媽，鋼筆就放在真琴同學的書包裡。」

「不過，這不見得一定就是我女兒……」

離開教職員室時，老師對我母親投射的目光無比冷淡。步出學校時我們被雨淋溼，直接在便利商店買了便當和塑膠傘。我們逃也似地回到家中，以微波爐熱好便當，兩人一起吃飯時，我們的頭髮皆因淋溼而捲曲成波浪形。

隔天，同學們對我展開了霸凌。起初只是背地裡說我壞話，但很快便開始有人藏我的東西，把我的桌椅搬到教室外，或是以大字在黑板上寫著「小偷山本去死吧！」。

「正因為是單親家庭，所以才會養出小偷來，一定是這樣沒錯。」、「你聽說了嗎？她沒去高山家道歉耶。」我聽到眾人的交談聲。不，他們是故意大聲交談，好讓我聽見。

連國分寺老師也將我視為眼中釘。上課時一直指名要我解數學題或是回答問題。當我答不出老師的提問而臉紅時，同學們就會在一旁竊笑。而我的好朋友也開始與我疏遠，下課時間和放學時間，我都得一個人度過。

母親也變得情緒低落。她似乎收到其他媽媽們近乎叱責的電子郵件。母親見我對此感到擔心，便緊摟著我說「沒事的」。她還跟我說「倒是妳能和大家重修舊好，真是太好了」。我在學校開始遭人霸凌的事，一直都瞞著沒讓母親知道。

鋼筆偷竊未遂事件發生後的第三天早上，我準備上學時，來到半途突然覺得人不舒服，雙腳無法動彈。一想起教室、同學、老師，我的雙腳、雙手、手指便開始發抖，腦中一片混亂。我在上學的路上蹲在地上，從校舍的方向傳來鐘響聲。現在已是朝會時間。雖然我完全遲到了，但雙腳就是無法動彈。唉，我就要這樣開始拒絕上學了嗎，正當我如此思忖時，有人朝我叫喚。

「咦？山本？」

轉頭一看，一名班上的男同學背著黑色書包，站在一旁。

他就是在自然科實驗時，朝理應滴在石蕊試紙上的食鹽水和檸檬汁舔了一口，而挨老師罵的宗像。

2

宗像是小五那年轉來我們學校的，從那之後一直都沒朋友。他惹人嫌的原因很明顯，那就是靠近便會聞到的強烈怪味。他好像已經很多天沒洗澡，頭髮滿是油光，指甲裡頭積滿了黑垢，而且衣服泛黃。明顯已經有好幾天，或是好幾個禮拜沒洗過了。換座位時，曾經有某個被安排坐他旁邊的女生放聲大哭。宗像當時顯得很慌張，不知所措。

「你很臭耶！好歹洗個澡吧！」

班上的男學生曾這樣對宗像說過。

「我家裡窮，沒有浴室……」

他如此說道，搔著腦袋，白色的頭皮屑因此掉落，周遭的同學馬上大呼小叫地逃開。

我第一次與宗像說話，是小五那年的某個冬日。在寒風的吹拂下，我朝便利商店走去，遇見趴在地上的宗像。起初我以為他昏倒了，但仔細一看才知道，原來他是拿著木棒朝自動販賣機底下的縫隙打撈。他一發現我，馬上站起身，靦腆地低著頭。長長的劉海，完全遮住了他的臉。

「你在做什麼？」

「我、我在找錢。看有沒有掉在下面。」

他在發抖。雖然已是需要添加外衣的寒冷天氣，但他仍舊只穿著那件破洞的運動服。或許他就只有這件衣服可穿，袖子一帶都磨得發亮了。

「山本……」宗像忸怩地把玩著手指說道。「突然開口對妳說這種話，實在很難為情，不過，可以借我十圓嗎？」

「……好啊。」

「咦？真的可以嗎？」

「可以啊，如果只是十圓的話……」

我當場從錢包裡取出十圓硬幣，遞給了他。

「我一輩子都不會忘記妳這份恩情的。我剛好就差十圓。」

他從口袋裡取出幾枚硬幣，數著那因為手垢而發黑的五圓和十圓硬幣，滿面笑容。我自己猜想，他應該是想用這筆錢買熱飲或甜點吃，但宗像與我一同前往便利商店後，卻是用那筆錢買了一張郵票。走出店外後，他從口袋裡取出一份褐色信封，朝郵票舔了一下，貼在信封上。

「那是什麼?」

「是要寄給我姊姊的信。我爸很小氣,連郵票錢也不給我。」

聽說他姊姊獨自住在其他市街,偶爾會寄生活費來。宗像想寄信去謝謝姊姊,但一直湊不到郵票錢。我瞄到那褐色信封背面寫著他家的地址。那是我很少去的地區。便利商店前面就有一個郵筒,他小心翼翼地用雙手拿著要寄給他姊姊的信封,投進郵筒裡。

「這十圓我改天一定會還妳。」

他一面謝我,一面離去。

從那之後,我是否就與他變得熟識了呢?完全沒有。「上次謝謝妳了」,他曾在教室裡主動向我搭話,但當時我正忙著和好朋友聊天,而且要是在教室裡和他變得親近,恐怕連我也會成為大家討厭的對象,所以我以冷淡的態度置若罔聞。就這樣我沒再和他說過話,過了一個春天和夏天,接著發生那起鋼筆事件。

我蹲在上學的路上,宗像低頭窺望我。

「學校已經開始上課嘍?」

宗像不可能不知道我目前所處的情況。

「我不想去那種地方。」

「這、這樣啊……那我明白了。」

他開始邁步朝學校走去。

但途中他突然改變方向，回到我身旁。

「我也蹺課好了。只要午餐前再去就行了。」

他營養午餐總是狼吞虎嚥，想竭盡所能地多吃幾碗。應該是因為在家中吃不飽吧。後來聽說，他明明午餐費都欠繳，卻還拚命吃，所以惹來國分寺老師的嫌棄。

「妳蹲在這裡，會遭車撞的。」

他朝我招手，帶我來到河邊。那是在住宅地區穿梭而流的一條小河。我們順著水泥階梯，往下來到貼近河面處。宗像朝河面望了一會兒後，開口問道：

「有件事我一直很好奇，高山的鋼筆，是妳偷的嗎？」

「才不是呢。」

「真的嗎？我保證不會跟任何人說的。」

「我才沒偷呢！我絕對不會偷他東西！」

「我知道了，我相信妳。因為我借了妳的十圓還沒還，所以就看在這十圓的份上相信妳吧。」

「也太廉價了吧！」

雖然嘴巴上這麼說，但我心想，原來他還記得去年冬天的事。宗像從他破爛的書包裡取出短短的鉛筆和皺巴巴的筆記本。

「就先將那天發生的事寫下來吧。趁記憶猶新的時候。」

「為什麼？」

「為了洗刷嫌疑啊。如果能證明不是妳偷的，問題就都解決了。」

「可是要怎麼證明？」

「這個嘛。」從他的雙眼從披在臉上的劉海縫隙間露了出來。那無比認真的目光，令我吞了口唾沫。「現在開始，我們兩人一起想。」

面對連聲嘆息的我，宗像頻頻詢問事件當天發生的事。我將自己所記得的一切全告訴了他。經這麼一提才想到，在自然科實驗中，他因為舔了食鹽水和檸檬汁而挨罵，我問他為何要做那種事，他一臉難為情地應道「因為看起來很好吃的樣子」。

- ● 12：15～13：00　供餐（ㄓㄜˋ ㄕˊ ㄏㄡˋ ㄏㄞˊ ㄗㄞˋ）
- ● 13：00～13：45　ㄨˇ ㄒㄧㄡ
- ● 13：45～14：00　ㄉㄚˇ ㄙㄠˇ
- ● 14：00～15：50　ㄕˊ ㄧㄢˋ（ㄈㄚ ㄒㄧㄢˋ ㄅㄨˊ ㄐㄧㄢˋ ˙ㄌㄜ）
- ● 15：50～　ㄈㄢˇ ㄐㄧㄚ ㄏㄨㄟˊ（ㄓㄠˇ ㄉㄠˋ ˙ㄌㄜ！）

宗像在筆記本上迅速寫下那天下午的課表。括弧裡所寫的紀錄，是用來表示鋼筆的狀態。[14]

「全都是寫注音呢。」我講出心中的感想。

「因為這就像備忘錄一樣，重視的是速度。」

「那為什麼只有『供餐』這兩個字寫國字？」

「因為我很喜歡這兩個字。」

「不過，供餐時鋼筆還在，這點你怎麼會知道？」

「那天國分寺老師和高山他們那組一起用餐。」

在我們學校，是分組將桌位湊在一起用餐。這時候，導師會和某一組的學生一起用餐。會先搬來一張椅子給老師用，稍微讓桌上的餐具擺擠一點，以確保老師有足夠的用餐空間。

「用餐時，老師向那一組的學生提問。她問『告訴老師，你們的寶物是什麼』。我因為坐得近，所以聽得到他們的對話。高山取出鋼筆給老師看。所以用餐時，鋼筆還在高山手上。是在那之後才不見的。」

「鋼筆為什麼會不見？是高山弄丟的嗎？還是有人偷走？」

「如果是高山弄丟的，為什麼會跑進妳的書包裡？」

「會是有人撿到他遺失的鋼筆，放進我的書包裡嗎？」

「如果做這件事的人沒有惡意，當妳被人當小偷看待時，應該會出面解釋才對吧。對方沒出面，表示心存惡意。不過，我總覺得是被人偷了。因為高山很珍惜他那支鋼筆，會那麼隨便遺失嗎？」

鋼筆都收在高山的鉛筆盒內，而鉛筆盒就放在他的課桌內。如果有人想偷走鋼筆，勢必得伸手到他課桌裡頭拿才行。如果這麼做，應該會讓人起疑才對。於是我向他提問。

「因為在實驗時就已經找不到了，所以應該是在午休或打掃這段時間不見的吧？打掃的時候一定不可能。因為當時人很多。」

有兩組負責教室內的打掃，所以當時應該有十二個人左右在教室內。要在完全不被人發現的情況下偷走鋼筆，是不可能的事。

「說得也是。就只有午休時間能下手偷。那天午休時，妳在做什麼？」

「我、鈴井和福田三個人在聊天。記得是在校舍後方那一帶。」

我說出好友的名字。

「妳要是在大家面前說午休時間妳都跟鈴井和福田在一起，或許就能洗刷妳的嫌疑了。」

14.日文版宗像是以「平假名」和「漢字」記筆記，為配合中文讀者閱讀習慣，改為「注音」和「國字」。

「可是……」

從那之後，我一直都沒再跟她們兩人交談。她們會為了幫我，而在眾人面前替我說話嗎？她們有可能會被視為我的同夥，而一起遭到霸凌。正午時間快到時，宗像站起身。

「就快供餐了，我要去學校了。因為今天是我期盼已久的三色肉鬆丼飯呢。」

「你記得可清楚。」

「一整個月的菜單，全記在我腦子裡。」

宗像搔著頭，散落一地頭皮屑，邁步朝學校走去。

下午時間，空無一人的寧靜市街，只有我獨自被遺留此地。由於無處可去，不得已，我只好原路返回家中。傍晚時母親回到家裡後，向我問道「妳今天蹺課沒去上學是嗎？老師打電話到我公司呢」。我說我去到學校附近後，突然覺得人不舒服，於是就回來了。母親最近變瘦了。是我讓她操心，我對此感到很難過。我說了一句「對不起」，母親露出泫然欲泣的表情搖了搖頭。隔天和後天我一樣無法上學。

3

隔週的某天，門外傳來聲響，我前往查看，發現有張揉得皺巴巴的紙塞進我家信箱裡。打開一看，是班級新聞和習題的影本，一看就知道是班上某個同學送來的。

不，與其說是送來的，不如說是特地給我難堪。

那名偷走鋼筆藏在我書包裡的犯人實在可恨。他害我被誤會，受盡班上同學的冷眼。但為什麼那名犯人要這麼做呢？如果想將鋼筆占為己有，應該藏在自己書包裡才對啊。

也許犯人的目的，是要讓我在班上孤立無援。將我塑造成小偷，讓大家討厭我。如果是這樣，犯人肯定是夏川。我那兩位好友曾說過：

「夏川喜歡海野呢。」

「山本，聽說海野喜歡妳哦。所以夏川一定很嫉妒妳。」

之所以會有這樣的傳聞，是因為海野不時會盯著我瞧。海野是位服儀整齊，給人感覺白白淨淨的男生。如果說我完全沒注意過他，那是違心之言。

我在玄關前嘆了口氣，正準備返回屋內時，傳來一個聲音。

「山本。」

我回頭一看，背著書包的宗像就站在門外。

我家是一棟老舊的透天厝，是母親的娘家。宗像脫下破鞋，怯生生地走進我家。當他從我面前經過時，飄來一陣像野狗般薰人的氣味，他那泛著濃濃油光的頭髮也映入我眼中。我渾身雞皮疙瘩直冒，最後終於再也無法按捺。

「宗像！我要拜託你一件事！」

我開啟熱水裝置，將他推進浴室裡。

「肥皂隨你用，你可以先沖個澡嗎？有話等洗好後再說吧！」

我向一臉困惑的宗像說明蓮蓬頭的用法後，把浴室門關上。其實，他身上的衣服我也很想丟去洗，但我沒有男生的衣服可借他穿。要是家中還留有父親的衣服，雖然尺寸大了點，還是能讓他穿。但父親與公司裡的年輕女員工搞外遇，和母親離婚，逃也似地搬往遠處，當時母親把他的衣服全扔了，連一件襯衫也沒留。

宗像一臉舒暢模樣地從浴室走出來，雖然身上穿的仍是那件坑坑洞洞的襯衫和髒兮兮的短褲，但他原本全身彌漫的骯髒能量已完全消除。我終於能切換成迎賓模式了。

「請這邊坐。」

我請他坐在餐椅上，端出糕點招待。是便利商店或超級市場都有販售，一點都不新奇的零食和巧克力點心。

「你邊吃邊說給我聽吧。」

但他卻遲遲不敢伸手拿點心吃，似乎是不好意思。見我打開零食的袋子，拿起一把塞入口中，他這才戰戰兢兢地將零食送進嘴裡。

宗像之所以在放學途中造訪我家，是為了向我報告他在學校的調查結果。他不知道我的住處，似乎是偷偷跟在那名送影印本到我家的同學後頭來到這裡。連那名同學把要給我的影印本揉成一團塞進信箱的那一幕，他也全程目睹。我問他對方是誰，他提到一名和我家同方向，放學曾多次和我一起同行的女孩。

「啊，對了，這個給妳……」

他嘴裡塞滿點心，一副如痴如醉的神情，接著從他破破爛爛的書包裡抽出一本破爛的筆記本。打開那破爛的頁面一看，上頭以鉛筆寫滿了密密麻麻的文字。

「我試著向大家詢問那天的事。有幾個人沒能好好跟我說，就這麼跑掉了，所以不是每個人都問到……」

我大致看了一下他的筆記本。

【供餐時發生的事】

大家都看到高山拿出鋼筆。供餐結束後，椅子倒過來放在桌上，搬往教室後方。

【午休時發生的事】

教室裡幾乎沒人。大家都在外頭玩，但偶爾也會有人返回教室吧？不清楚有誰在什麼時候返回教室（我當時在圖書室看書）。山本跟鈴井、福田一起在校舍後方。

【打掃時發生的事】

教室裡約有十二個人在。高山也是留在教室打掃的一員。要從高山的課桌裡偷走鋼筆而完全不被人發現，應該是不可能的事。（如果高山就是犯人，則另當別論？）

山本的毛巾被夏川拿去當抹布。夏川說「我撿到掉在地上的毛巾」。但是在教室裡打掃的竹中和牧野曾目睹夏川從山本的層架上拿走毛巾。

【自然科實驗時發生的事】

第五、六節課在自然科教室做實驗。開始十分鐘後，高山便發現鋼筆不見了。我舔了食鹽水和檸檬汁，挨老師罵。

【返家會之前發生的事】

從自然科教室回來後，高山、榎本、來栖、佐藤開始找鋼筆。榎本發現遺留在層架上的墨水髒汙。他質疑鋼筆會不會在山本的書包裡。山本回來後，朝書包裡查看。發現了鋼筆。

我猜想，同學們避之唯恐不及的宗像，要蒐集這些資訊並不容易。打掃時間這一項，吸引了我的注意。

「當時我就覺得怪。她說毛巾是地上撿的，根本就說謊。夏川是從我層架裡拿的對吧。」

宗像吃完零食，接著嘴裡塞滿煎餅，我和他聊到鋼筆可能是夏川所偷。還一併告訴他夏川討厭我的事實和原因，以及之前她多次找我碴的事。經這麼一提才發現，我還沒拿飲料招待他，我連忙拿來麥茶。宗像窺望自己的筆記，露出猛然發現某件事的神情，向我問道：

「那條被拿去當抹布用的毛巾，原本是放在層架上嗎？書包的層架上？」

「是啊。就鋪在書包底下。它的寬度剛好與層架的大小一樣。」

宗像露出驚訝的表情。他要我再說明清楚，於是我取出那條帶回家的毛巾給他看。「我都像這樣摺起來，擺在層架上。」我將毛巾摺成三折。「這樣寬度就剛好和層架一樣大。」我將毛巾遞給宗像。

他若有所思，沉默不語。但他仍不忘伸手拿點心吃。當窗外因夕陽而逐漸轉紅時，他這才開口道：

「山本，妳在做自然科實驗時，還記得些什麼事嗎？例如有沒有人中途溜出自然科教室。」

「如果是下課時間，大家都能自由進出啊。」

實驗占去下午兩節課的時間，但中間有十分鐘的下課時間。

「除了下課時間外，就沒人進出自然科教室嗎？」

「有幾個人下課沒去上廁所，後來徵得老師同意才去……」

宗像的話愈來愈少。我淘好米，按下飯鍋按鈕後，他站起身對我說「我也差不多該回去了」。

我朝他離去的背影凝望了半晌，這時，母親買好現成菜返回家中。我們一起吃晚餐時，她對我說「點心吃多了會胖哦」。因為垃圾桶裡塞滿了點心的空袋子。

隔天我沒去上學，一整天都窩在家裡。傍晚時，門鈴聲響起，我心想，可能又是宗像，前往應門，結果門外站的是海野，我嚇了一跳。

「這個給妳。」

他遞給我一份摺得很整齊的影印紙。送影印本給缺席的同學，都是由放學走同樣方向的人輪流負責，今天由海野負責。他和宗像不同，身上穿的衣服乾乾淨淨。我心想，他就算搔頭，應該也不會掉頭皮屑，可能還會傳出洗髮精的香味。

「謝謝你。」

我接過影印本，難為情地低下頭。

「那我走嘍。我接下來得去補習班才行。對了，宗像四處向人打聽消息，發生了什麼事嗎？」

「我找他商量一些事。」

「妳要小心哦，宗像在前一所學校就讀時，聽說曾經因為偷竊被逮。這是我聽國分寺老師說的。感覺不能和他走得太近。」

海野離開大門，從我家門前的巷弄快步走遠。只剩我一個人留在家中。

開始讀書後，我心裡還是很在意海野說的話，始終靜不下心。因為偷竊而被逮，這是我第一次聽說。聽海野說不能和他走得太近，教我開始擔心起來。

我換好衣服，走出屋外，想向宗像當面問個清楚。我朝他住家的那一帶走去。去年冬天，我借宗像十圓那天，他在褐色信封上寫下地址。雖然不記得確切的門牌號碼，但我還記得是哪個地區。

走了一段路後，風景變得愈來愈荒涼。走進他住的地區後，砂石車揚起塵埃，從旁邊呼嘯而過。工廠煙囪升起的黑煙，在空中盤據不散。彷彿隨時都會傾倒的公寓住宅，因西沉的太陽而染成殷紅。我一面走，一面確認貼在信箱上的門牌。一名打著赤膊，看起來像流氓的男人站在路旁，邊抽菸邊盯著我瞧。我心裡害怕，加快走路速度。

「哥哥～～～吃我這招！」傳來孩子們的聲音，我往一處模樣窮酸的狹窄巷弄裡瞧，發現宗像正在和小男生、小女孩玩。他接下這些小孩們從四面八方展開的攻擊，在地上打滾，不斷喊著「好痛、好痛、好痛，快住手」。看起來不像被欺負，而像是在嬉鬧。我走近向他喚道。

「宗像。」

「咦？山本？妳怎麼會在這裡？」

宗像一臉難以置信，渾身泥巴。和他玩的是住附近的小孩。當我和宗像站著交談時，他們自己玩起了你追我跑的遊戲，跑得不見蹤影。

「剛才海野拿作業影本來給我。」

「海野？」

「我聽說你偷東西的事了。他說你在前一所學校就讀時，曾因為偷東西被逮。這是真的嗎？我感到愈來愈不安了，我問你，偷走鋼筆的人，該不會是你吧？」

他低垂著頭，劉海完全蓋住了臉。

「偷東西的事是真的。因為我當時肚子實在太餓了。我走在商店街時，擺在店門前的糕點不知何時跑到我的衣服裡。不過，鋼筆真的不是我偷的。」

「我可以相信你吧？」

「不是我偷的。」

「我知道了。就像你相信我那樣，我也相信你。」

我鬆了口氣，重新望向四周的建築。我家雖然也很老舊，但遠比這地區的建築來得強。眼前一棟兩層樓的組合屋公寓，設有生鏽的金屬樓梯，他說位於二樓的某個房間就是他家。

「現在我爸喝醉睡著了，所以我不能請妳到我家坐。因為要是吵醒他的話，他會罵人的。」

「你姊姊過得好嗎？」

「嗯，她好像很認真工作。」

聽說他姊姊從事泰國浴的工作，但當時我還不清楚那是怎樣的工作。

「突然跑來找你，抱歉。」

「沒關係的，妳來得正好，我有話要跟妳說。」

「什麼事？」

「鈴井和福田不跟我說話。好像是不想談到妳的事。」

「這樣啊，那也是沒辦法的事。」

也許是怕和我扯上關係，就會被當作是我的同伴，而遭到殘酷對待。她們想與我保持距離的想法不難理解。

「不過山本，明天可以請妳來上學嗎？」

「上學？」

「我覺得我可以證明妳的清白。不過，要是妳不來的話，就沒戲唱了。」

宗像的書包就擺在他腳下。看來他沒回家，直接就來跟附近的孩子玩。他從書包裡取出筆記，撕下其中一頁，遞給了我。

「這是我今天查明的事，我將它記了下來。」

我接過後，在夕陽的紅光下迅速瞄過一遍。

【自然科實驗時發生的事・追加紀錄】

有五個人徵求老師的許可後，去上廁所。

他們是榎本（A）、高山（C）、海野（B）、夏川（A）、井上（A）。

海野上廁所時，順便去了一趟保健室（雖然他沒讓人知道，但一查就知道）。他向保健室的護理師要了OK繃。他好像說「我的手指受傷了，請給我OK繃」，但護理師沒看到他手指有傷。

我側著頭納悶不解。這什麼啊？哪些人在實驗途中跑去上廁所，有那麼重要嗎？

「我問你，這些英文字母是什麼意思？名字後面分別標上的（A）、（B）、（C）。」

「啊，忘了寫上說明。那是他們上廁所的地點。（A）是位於二樓樓梯附近的廁所，（B）是一樓自然科教室附近的廁所，（C）是一樓教職員室附近的廁所。」

「嗯。那麼，海野順道去保健室這件事呢？為什麼寫在這裡？」

「因為這件事很重要。」

「為什麼？」

「因為海野就是犯人。」

那些玩你追我跑的孩子們，發出分不清是笑聲還是叫喊的聲音，從我們面前奔過。我一時懷疑是自己聽錯，又再向他確認了幾次。夕陽西沉，天空轉為昏暗，四周盡籠於暮色中。

4

和母親一同吃完早餐後，我背著書包，拎著手提袋，走出家門，這時宗像已站在門口，我嚇了一跳。

「我要對妳施法術，讓妳提起勇氣。」

他從口袋裡取出一條黑色的水彩顏料。繞到我背後，不知朝我的書包做了什麼。大約十秒左右，他所謂的法術便結束了。

「你沒做什麼奇怪的事吧？」

「沒有，我沒做什麼。那條毛巾呢？」

「放在這裡面。」

我向他出示手提袋。昨天道別時，他吩咐我要到學校去時，記得要帶那條被當抹布用的毛巾。

「好。那我先走嘍。」

宗像邁步朝學校奔去。

儘管拖著沉重的步伐，我也同樣出發。雖然多次差點打退堂鼓，但我還是慢慢朝學校接近。途中，我一會兒坐在河邊，一會兒蹲下，一會兒走回家門前，花了好幾個小時。也不知道宗像的法術最後到底有沒有效。

儘管如此，我還是想到學校去，因為我很在意昨天宗像那番話。他聲稱海野就是犯人，但他沒告訴我理由。他只說了一句「明天妳要是到學校去，我就把一切都告訴妳」，之後便不再說話。

不久，白色的校舍已出現在眼前。我在過度換氣的狀態下通過校門時，已過了上午十一點。我走在走廊上，爬上樓梯，一面與作嘔的衝動對抗，一面打開教室大門。

當時正在上第四節課。同學們的目光全部往我身上匯聚。正在黑板上寫算式的國分寺老師就此停手，對我說「啊，妳來啦」。我幾欲雙腳發軟，但仍走向自己的座位。大家都不時偷瞄我，竊竊私語。當中也有我的好朋友鈴井和福田。鋼筆的主人高山也一臉驚訝。夏川、榎本，以及其他一部分的同學，則是蹙起眉頭瞪視著我。我與宗像眼神交會。我將書包掛向課桌，坐進自己的座位。

海野和大家一樣轉頭望向我，像在觀察我的每個行動般，一直注視著我。

「山本同學，謝謝妳今天提起勇氣來學校。各位同學，我們繼續上課吧。」

國分寺老師露出和善的神情。

我的桌面仍留有像是鉛筆塗鴉的痕跡。以及擦拭時，留下的散亂橡皮擦屑，是粉紅色和藍色兩種。我覺得是我那兩位好友用這兩種顏色的橡皮擦替我擦除的。

我環視教室，發現後方牆壁的布告欄變了。事件發生當天所做的自然科實驗被以各組的形式彙整在紙張上，張貼在上頭。裡頭有老師拍攝的照片，拍的是各組組長手拿石蕊試紙的照片。經這麼一提才想到，海野也是組長，所以他們那組的照片一定會拍到他的手。

我正準備打開書包拿出課本時，突然有個東西擊中我頭部。一個紙團掉落地面。我攤開那張紙一看，上頭寫著「去死吧，小偷」。

「老師……」

傳來一個聲音，我抬起頭看，見宗像已站起身。全班都盯著他看。

「老師，我有話想說。」

「什麼事？」

「是關於鋼筆失竊那天的事。我做了些調查。」

我感到胃部一陣緊縮。果然被我料中了，拜託，別再說了。我很想向他懇求，請他不要再掀起風波，但他卻接著往下說。

「大家都說山本同學是小偷，但我認為這是誤會。」

國分寺老師眉毛上揚。

「這件事和上課無關，快坐下。」

「可是……」

「坐下！」

國分寺老師的語氣變得粗暴。宗像一臉為難地搔著頭。周遭的學生們微微搬移桌位，與他保持距離，可能是想避開他掉落的頭皮屑吧。

「快坐下，宗像同學！」

國分寺老師以老師用的教科書重重砸向講桌，發出一聲巨響。有幾名同學因為這聲巨響而嚇了一跳，身體為之一震。但宗像卻不為所動。他以筆直的目光回望老師，接著突然踩向自己的椅子，站上課桌。全班都目瞪口呆地仰望著他。宗像站在課桌上，從高處環視著眾人。

「山本同學沒偷鋼筆。我能夠解釋這件事！所以請聽我說！」

國分寺老師來到他的座位旁，卯足了力想將他從課桌上拖下來。他想加以抵抗，那雙破爛的室內鞋在老師的衣服上留下腳印，反而更加惹惱老師。周遭的女學生們發出尖叫，逃了開來，與這場亂鬥保持安全距離。坐在遠處的學生站起身，移往可以看清楚狀況的位置。這紛亂的氣氛，似乎也傳向了隔壁班。當國分寺老師從後方架住宗像，將他拉向地面時，隔壁班老師跑來查看情況，一臉擔心地問了一句「沒事吧」。國分寺老師急忙回答「嗯，沒問題。沒什麼事」，打發那位老師走。

「大家都坐下。」

大部分同學都已就座，但宗像仍舊站著。

教室內的時鐘指向十一點四十五分。再三十分鐘就是供餐時間了。國分寺老師之所以很不情願地同意讓宗像說話，應該是研判再這樣下去將無法上課吧。老師一副拿他沒轍的神情，坐向一張靠窗的椅子。

宗像走上講臺，將事件發生當天下午的課表寫在黑板上。他向高山提問，確認供餐時他與老師的談話內容，以及當時鋼筆還在的事。宗像髒兮兮，頭皮屑亂飛，身上又有臭味，之前班上同學都對他避之唯恐不及。他究竟是怎樣的個性，有什麼樣的想法，沒人知道。像這樣仔細聽他說話，對班上大部分同學來說，肯定都是第一次。

「打掃時間，教室裡有很多人。所以我猜小偷是趁午休教室裡沒人的時候，從高山同學書桌裡的鉛筆盒偷走鋼筆的。不過，山本同學午休時並沒有靠近教室。」

「有證據嗎？」

國分寺老師提問，宗像低頭望向地面。

「山本同學說她沒進教室。」

「光憑她本人的說法，不能充當證據。」

宗像一臉為難地搔著頭。我感到不安。

「午休的事根本不重要。」發話的人是從我書包裡取出鋼筆的榎本。「重要的是山本的書包裡放著鋼筆。」

「對了，發現山本同學的層架上有墨水汙漬的人，是榎本同學你對吧？」

宗像提問。

「是我發現的。那又怎樣？」

「山本同學的層架上有墨水的汙漬，這才奇怪。因為午休時，山本同學的層架上鋪著毛巾。是這樣沒錯吧，夏川同學？」

全班都轉頭望向夏川。

「咦？什麼？為什麼問我？」

夏川露出驚訝的表情。

「妳在打掃時間，從層架上拿走了山本同學的毛巾對吧？妳拿它當抹布用，對不對？」

宗像向全班說明我會在書包的層架上鋪毛巾的習慣，以及在打掃時間，夏川將我的毛巾拿去當抹布用的事。夏川環視四周，想要蒙混過去。

「啊，那是因為我看它掉在地上，才撿起來用……！」

「不過，有人看到妳從山本同學的層架上拿走那條毛巾。」

「是誰！」

夏川瞪視教室裡的每一張臉孔。竹中和牧野戰戰兢兢的舉起手。夏川開始責怪起他們兩人，但教室裡的同學皆以冷峻的目光注視著她。可能是自認已無法推託，她開始轉為瞪視宗像。「毛巾和這件事又有什麼關係！」她出言反擊。

「我請山本同學帶了那條毛巾來，讓我在此重現當時的情景吧。」

在宗像的指示下，我從手提袋裡取出毛巾。雖然害怕眾人的目光，但我還是站起身，將毛巾摺成三折，鋪在書包的層架上。由於寬度剛好吻合，毛巾可以很整齊地鋪在層架上。我拿來掛在桌上的書包，像平常那樣收進層架內。書包掀蓋的彎曲面朝向正面。我猜想，犯人應該是從兩側的縫隙塞進那支鋼筆。

宗像來到我身旁，往內窺望。教室裡的學生們也都從椅子上站起，往我們這邊張望。

「那天也是像這樣嗎？」宗像問夏川。

「我不知道！」夏川像在鬧彆扭似地應道。

「好好回答！」榎本以吵架似的口吻喝斥道。

「知道了啦，真是的！……確實就像這樣。我從書包底下抽走毛巾！這樣你滿意了吧！」

「妳這個人也太爛了吧……」

「我說山本同學是清白的，就是基於這個理由。」

宗像轉頭望向國分寺老師。

「這話怎麼說？」

「墨水的汙漬沾在這個位置。」

宗像指向放書包的層架右前方的地方。但他現在所指的位置，上頭覆著毛巾。

「在這種狀態下，就算鋼筆筆尖碰觸，或是墨水滴落，也都只有毛巾會弄髒，墨水應該不會沾到層架才對。所以墨水留下髒汙，是在毛巾被抽走的打掃時間之後的事。」

宗像回到教室前方，用寫在黑板上的課表做說明。

「換句話說，犯人是在打掃時間之後才將鋼筆藏進書包。對了，山本同學打掃完畢準備回教室時，還遇見夏川同學和井上同學。她就是在那時候得知自己的毛巾被拿去當抹布用。」

宗像視線游移，就像在找尋某人的身影般。接著他的視線停在井上臉上，朝她喚道。

「井上同學，當時妳跟山本同學、夏川同學在一起對吧？」

她不知所措地點了點頭。

「嗯。我回教室準備課本，山本則是先到自然科教室去了。」

「當時山本同學有時間將鋼筆藏進書包裡嗎？不過在藏鋼筆前，得先打開筆蓋，讓墨水在層架上留下汙漬才行。附帶一提，筆蓋是螺旋式，不論是打開還是轉緊，應該都得花上五秒的時間，而且也得考量到擦拭墨水汙漬的時間。」

「我想應該是沒那麼多時間才對。因為她從課桌裡抽出課本就離開了。我和夏川則是跟在她後頭走出教室。」

宗像頷首，環視眾人。

「山本同學在實驗的過程中，一次都沒離開過自然科教室。班上有很多同學可以作證，就連下課時間也一直都在和人聊天。不過，實驗結束後，她返回教室，不知為何，鋼筆卻已放在她的書包內，層架上還留有墨水汙漬。山本同學應該是沒機會這麼做才對。」

宗像的這番話，強而有力地在教室內擴散開來。眾人在感到驚詫的同時，也接受了他的推測。但這時卻有人打破了寂靜。

「……或許是有其他人在背後幫忙。」

我轉頭望向聲音傳來的方向。是海野。他手肘撐在桌上，靜靜望著講臺上的宗像。之前他和其他同學一樣，不發一語地靜靜聆聽，但最後終於開口發言了。

「偷東西和藏東西的，應該是不同人吧？」

「你的意思是有共犯？」

「如果有同伴幫忙藏東西的話，就不能斷言山本沒偷東西吧？」

「那位同伴在山本同學獨自受苛責時，為什麼不出面幫她呢？如果我是山本同學的話，應該會對那位不肯相助的同伴很生氣，同時也會心想，為什麼只有我一個人受苛責。」

「那是你自己在想像吧？對了，我還要先說件事。就是墨水汙漬的事。你剛才說，墨水汙漬沾在層架上，是打掃之後發生的事，但真的是這樣嗎？如果是這樣你覺得呢？例如午休時，山本偷了鋼筆，想將它藏在書包裡。而就在她偷藏的時候，將書包拉出層架，不小心拉出了毛巾，掉落地上。墨水的汙漬就是那時候沾上的。山本發現後加以擦拭，但無法完全擦除，只好照原來那樣蓋上毛巾，同時把書包擺回去。這麼一來的話，就會在午休時間沾上墨水的汙漬，情況也就沒有矛盾了吧？」

教室裡到處傳出讚嘆聲。國分寺老師也跟著點頭。的確沒錯。假設真有這樣的情況發生，就無法否定「我沒在午休時偷藏鋼筆」的假設。

「如果只是放進鋼筆，從兩邊的縫隙應該放得進。沒必要特地從層架上拉出來吧……」

宗像就像在做垂死掙扎般，如此說道，海野聽完後搖了搖頭。

「這我不知道。我只是想點出你的推論有缺陷罷了。」

宗像沉默不語。我感到胸口無比難受。之前宗像一直很努力將我拉往清白的一邊。在沒有關鍵性證據的情況下，他努力想讓班上同學慢慢接受這個事實。但海野的一個猜想，馬上又讓一切回到原點。

宗像的目光投向我。那是柔弱無力的眼神。這也是沒辦法的事，我自己在心中這樣說道。你已經為我盡力了。這時一個拉開椅子的聲音在教室內響起。

「……我午休時，一直都和山本在一起。」

鈴井站起身，對國分寺老師說道。又傳來另一個拉開椅子的聲音。是福田。

「我也和她在一起。所以山本她沒偷東西……」

福田顯得怯生生，以戰戰兢兢的口吻說道。

鈴井和福田向眾人訴說我的清白。

「午休時，我們三個人在校舍後方……」

「我們沒回到教室……所以山本她不可能會偷鋼筆！」

如果她們的聲稱站得住腳，那麼，不管宗像的推測和海野的猜想為何，都沒有關係了。大家應該都能相信我是清白的。然而……

「有證據嗎？」海野向她們兩人問道。「也有可能是為了袒護朋友而說謊啊。」

「為什麼要這麼說？」

鈴井發出悲鳴般的叫聲。沒有證據可以證明我們三人當時在校舍後方。如果有證據的話，宗像應該老早就說了。

教室裡一片喧鬧，這時國分寺老師拍了拍手。

「我明白了，夠了。這事就到此為止吧。大家安靜下來。鈴井同學、福田同學，請坐下。」

「可是那天午休時，我們真的一直都是三個人在一起！所以山本不可能是小偷！」

鈴井說。

「老師明白了。這樣可以了吧？妳們當時三個人在一起。這樣就行了。所以大家都冷靜下來，別再討論這件事了。」

「老師！妳什麼都不懂！」福田放聲叫喊。教室頓時肅靜無聲。「因為，我們真的是三個人在一起……我因為害怕，一直都不敢說。老師，我說的是真的。所以請妳相信我們……」她如此說道，豆大的淚珠從臉上滾落。

然而國分寺老師卻皺著眉頭，一副不勝其煩的神情。

「所以我不是說了嗎，老師相信妳們。山本同學不是偷鋼筆的犯人。這就是妳們想說的對吧？老師認同這點。所以不要再談這個話題了。雖然時間有點早，不過這堂課就上到這裡。」

老師結束這場對話。教室裡響起一陣喧譁。

我的嫌疑真的就此洗清了嗎？不，老師只是為了控制場面才刻意那麼說。大部分的同學都處在一種興奮狀態下，一直和坐附近的朋友聊個不停。鈴井和福田緩緩坐回座位。我們三人眼中都噙著淚水。我們視線交會，露出不安之色。這時，眾人的聲音變得愈來愈小，接著，全都閉上了嘴。因為大家發現，宗像仍不肯走下講臺。

「宗像同學，你也快回座位去。」

國分寺老師蹙起眉頭。

「老師，剛才您說山本同學不是犯人，但您這是真心話嗎？」

「當然是。」

海野雖然一臉不服氣，但並未提出抗議。

宗像對老師說：

「請再給我一點時間。老師您已明白山本同學不是犯人，但如果是這樣，那真正的犯人又在哪裡呢？如果查出真正的犯人，大家心中對山本的猜疑應該才能完全消除吧？」

指針已過了十二點。最後宗像仍舊不願離開講臺。

「如果犯人不是山本同學，他為什麼不把鋼筆藏在自己書包，而是藏在山本同學的書包裡呢？他的目的大概不是要偷竊。所以才刻意在層架上留下墨水汙漬。」

教室裡頓時悄然無聲。因為太過緊張，我的心跳變得好急，甚至擔心會被周遭人聽見。國分寺老師坐在靠窗的椅子上。她准許宗像繼續說，但條件是只能說到上課時間結束。可能是擔心要是不讓他說到最後，他恐怕又會爬上課桌大叫吧。

「那墨水的汙漬，是某人為了讓人發現鋼筆而留下的印記，就像在說『在這裡哦！』若不事先這麼做，高山同學的鋼筆可能會就此遺失，而沒人發現。換句話說，犯人的意圖是讓人從山本同學的書包中發現鋼筆，把她當小偷看待。」

「……等一下。」插話的人是海野。「就算山本不是犯人，那墨水的汙漬或許也是偶然形成的吧。」

「高山同學的鋼筆筆蓋是採螺旋式。不可能會因為勾到某個地方而脫落。應該不會因為犯人的不注意，而使筆尖碰到層架，或是墨水滴落吧？所以墨水的汙漬，是犯人刻意留下的。」

「就算不是偶然形成好了，就像我剛才說的，在拉出書包時，毛巾掉落地上，這也是有可能的事。也許墨水的汙漬是在午休時沾上的。」

「我明白了。那現在姑且就先假設沒發生這種情況，讓我先把話說完。」

海野朝國分寺老師和同學們環視一遍後，點了點頭。

「好吧……」

「話說回來，犯人是如何將鋼筆放進書包裡的呢？我想，可能是從兩邊側面的縫隙插進的。山本同學在放書包時，好像是背朝外面，所以這應該有可能辦到。與其拉出書包，不如這樣做還比較輕鬆。像這種情況，毛巾應該不會掉落才對，所以墨水的汙漬是發生在打掃時間之後。現在我要說的，就是在這樣的情況下。」

他朝海野瞄了一眼，確認他沒提出反駁。

「……在這種情況下，犯人不在午休時間將鋼筆藏進山本同學的書包裡，這是為什麼呢？也許是怕有人回教室裡吧？因為做這件事情時，不能讓人看見。犯人得先將鋼筆帶在身上，或是先放在某個地方，等候可以獨自留在教室的機會。而最後，在打掃結束後，機會終於到來。」

宗像指著他寫在黑板上的課表。「打掃時間」的下一個項目是「自然科實驗」。

「在實驗進行時，高山同學發現到處都找不到鋼筆，當時犯人已將鋼筆藏進書包裡。情況是這樣的。實驗用兩節課來進行，中間有十分鐘的下課時間對吧？不過，這時候有許多人進出自然科教室，也有人回教室裡。而要在別人放書包的層架上留下墨水汙漬，又不讓人發現，我認為並不容易，所以犯人應該不會在下課時間動手。這麼一來，就會利用其他的時間了。」

宗像環視眾人，繼續往下說。

「除了十分鐘的下課時間外，在實驗進行時，還是有方法可以離開自然科教室。事實上，當天就有幾個人在徵求老師的同意後，在實驗進行中跑去上廁所。他們是下課時間沒去上廁所的人。我想，犯人可能就是他們其中一人。趁大家都在自然科教室實驗時，這個人假裝去廁所，其實是前往教室，在沒人目睹的情況下慢慢進行那項作業。是這樣對吧，海野同學？」

原本聽他說明的全班同學，皆露出訝異的表情。

「海野同學，是不是你偷走鋼筆，放進山本同學的書包裡的？」

教室裡的眾人似乎都聽不懂他這番話的含意。眾人皆以「這傢伙在說些什麼啊」的眼神望著宗像。不論頭髮還是服裝，向來都乾乾淨淨的海野，不僅功課好，也曾在大家的推薦下擔任班長。而另一方面，宗像則是又髒又臭。兩人根本就是強烈對比。我相信宗像，但與他沒有交流的同學們，會相信哪一邊呢？

海野當然很驚訝。他站起身，向國分寺老師抗議。

「老、老師！我沒做那種事！」

老師瞪向宗像。

「你別太過分哦！你說這種話可有什麼根據？」

國分寺老師也很信任海野。會站在他那邊，也是理所當然。但宗像完全無視於老師說的話。

「在自然科教室做實驗時，徵求老師同意而離開上廁所的，就我所打聽到的，一共有五人。大家都不記得了，所以人數有可能更多。不過這五人當中，有個人形跡可疑。那就是你。」

海野就這樣站著，與人在講臺上的宗像對峙。

「那個時間我確實去上過廁所，但那又怎樣？」

「昨天我問過你對吧。『你去哪間廁所？』還記得當時你怎麼回答的嗎？」

「自然科教室旁邊的廁所。這是理所當然的事吧？」

沒錯。如果是在自然科教室做實驗，中途要離開上廁所，就會去那間廁所。有人會刻意到遠處的廁所上嗎？

「沒錯，這是理所當然。不過，其他四人可不是這樣回答哦。」

「咦？」

海野露出意外的表情。

「五人當中，有三人是到二樓樓梯附近的廁所，另一人是到一樓教職員室附近的廁所。每一間都離自然科教室有段距離。不過，就算是利用下課十分鐘去廁所的人，大概也都會是同樣的回答。那天使用了自然科教室旁廁所的人，全校大概就只有你了。」

海野一臉困惑。有幾名同學似乎已發現宗像的言外之意，四周彌漫著驚詫的氣氛。我這時也想起那天的事。

「那天，靠近自然科教室的那間廁所不能使用，但你卻說你去那裡上廁所。你之所以沒看到入口處張貼的那張告示寫著『因進行檢查，禁止使用』，是因為你沒去上廁所，而是跑到教室去了吧？」

「……是我說錯了。」海野表情緊繃地說道。「對了，我也是上別間廁所。你問我這件事情時，我沒細想就回答了。不過，現在仔細回想的話，那裡確實貼著檢查中的告示。」

「因為覺得可疑，所以我對你做了一番調查。例如那個。」

宗像指向教室後方的布告欄。那是每組針對那天的實驗所彙整的成果，以五顏六色的麥克筆和照片來呈現實驗的過程和結果。

「你們那組的照片中，拿著石蕊試紙的人是你對吧？雖然只拍了手的部分，不過，這是由組長當代表所拍的照片，所以那應該是你的手才對。手指上貼著ＯＫ繃對吧？」

所有人皆仔細盯著那張照片瞧。沒有什麼奇怪的地方。滴過鹼性溶液的藍色石蕊試紙微微顯現紅色，會是實驗失敗嗎？

「這ＯＫ繃令我感到好奇。於是我跑去問保健室的護理師。你離開自然科教室時，好像跑去保健室要了一個ＯＫ繃。聽說你跟保健室的護理師說你手指受傷了。」

海野一時緊繃嘴唇。

「……我去廁所時弄傷了手指。說來還真是糊塗，我當時跌倒，劃傷了手指。所以我去廁所時，順便要了個ＯＫ繃。」

「當時的傷還留著嗎？可以讓我們看一下嗎？」

「已經痊癒了。」

「你真的受過傷嗎？我可不這麼認為。是你有必要遮掩自己的手指，因為到時候會針對手部拍照，所以手指會留下紀錄，被大家看見。這麼一來，你的手指就會留下證據，揭露你就是犯人。你想洗掉髒汙，但無法完全洗淨對吧？墨水的髒汙，不是正好如你所料，發揮了它的功能嗎？提醒眾人『犯人在這裡哦！』」

宗像撥開他凌亂的劉海。他的眼神就像在挑釁般，帶著笑意。他這模樣令我覺得有點不習慣，我還是第一次見他露出這種表情。就像在嘲笑海野似的。

「我看你還是坦白招認吧。你溜出實驗室，獨自前往教室。在你將鋼筆藏進山本同學的書包之前，先在層架上留下墨水的汙漬。但那時候，發生了一件料想不到的意外。你的食指前端沾了墨水。你想沖洗乾淨，但墨漬就是洗不掉。或許還滲進了你的指甲縫裡。要是回到自然科教室，你的手很可能會被拍進照片裡。到時候這就像在告訴大家，你就是偷鋼筆的犯人。所以你才去要來ＯＫ繃，加以掩飾。」

「你說謊！」

海野大叫一聲，瞪視著宗像。

「哼，我哪裡說謊？」

「大家別被他騙了！這傢伙說的話，全都是他自己推測！一個證據也沒有！我的手指真的受過傷！」

「這麼快就好的割傷，還刻意貼ＯＫ繃是吧。海野同學，你會不會也太嬌嫩了？」

「囉嗦！給我閉嘴！你這個窮鬼！」

海野的聲音在教室內響起。大家都難掩臉上的困惑之色。從沒見過海野這樣說粗話。國分寺老師也嚇了一跳。

「這就是你的真面目嗎？」

海野指向宗像，轉頭望向眾人。

「這傢伙一定是想將自己所犯的罪過全賴到我頭上！一定是這樣！犯人就是他！因為他在之前就讀的學校曾經偷過東西！偷鋼筆的人，一定也是他！想偷了去賣錢！老師，妳相信我對吧？」

國分寺老師全身僵硬，似乎不知該如何回答才好。

海野似乎發現了什麼。「啊，對了！各位忘了嗎？墨水的髒汙有可能是午休時留下的！在拉出書包時，毛巾掉落地面！犯人是在午休時藏的！說什麼是我在實驗時偷藏，根本是這傢伙的推託之辭！夏川，妳快證明這點！」海野望向夏川。夏川肩膀顫動。「妳拿山本的毛巾當抹布用時，已經看到層架上沾有墨水的汙漬對吧？是這樣沒錯吧？只要妳證明這點的話，就表示鋼筆是在午休時被藏起來的！這樣我也就不會被當犯人看待了！拜託妳，快替我跟大家說！」但夏川卻只是以畏怯的眼神望著他。

「你不能隨便找人來挺你。你的對手是我。而且還有其他證據可以證明是你做的，是決定性的關鍵。」

宗像臉上掛著藐視人的笑意，海野可能是受到激怒，情緒變得更加激動。

「證據？那是什麼！拿出來看啊！」

「我可要先說明一點，這不是我捏造的哦。因為這次的事件，我仔細檢查過山本同學的書包，結果讓我找到了。」宗像走向教室後方的層架，取出我剛才收好的書包。「山本同學，借用一下。」

海野也離開自己的座位走向他。抱著我書包的宗像和海野，兩人在教室後方迎面而立。

「請你站遠一點，因為我怕你會湮滅證據。」

「你說的證據是什麼？」

「你還沒發現吧？你的食指被墨水弄髒後，碰觸了書包的某個部分。沒錯，上頭留有你沾了墨水的指印。這指印非常清楚，可進行指紋判定。只要和你的食指指紋比對，你就再也無法辯解了。」

「你騙人！」

「是真的。因為你也會有疏忽的時候……」

海野一把揪住宗像。教室裡一陣譁然。他從宗像手中一把搶走那個書包，仔細地望著外側。似乎找不出任何證據。接著他解開鎖扣，想確認裡頭。因為他倒著拿，我的課本和鉛筆盒全散落在他腳下。

「在哪裡？」

「喏，就在那裡。上頭不是有墨水的髒汙嗎？」

宗像指向書包掀蓋處的背面。邊角處有個黑色汙漬。那的確像是沾過墨水的手指留下的指印。之前我完全沒發現那裡有這樣的汙漬。不，應該說我竟然會沒發現，這實在太奇怪了。

我想起早上宗像在我家玄關前，曾對我的書包做了什麼。他說那是一種法術。記得那時候他手裡好像拿著黑色的水彩顏料。

我頓時明白宗像這麼做的用意。他這是在捏造證據。

「哈，哈哈……」海野捧著我的書包，開始發出冷笑。「哈哈哈哈……」他似乎覺得好笑，雙肩顫動。所有人都像在看什麼可怕東西似的，視線往他一人身上匯聚。「這不是吧？哈哈哈哈。這根本不是墨水，哈哈哈，這是水彩顏料……」宗像臉色發白。「咦，不、不是嗎？那不是墨水的汙漬嗎？」「哈哈哈，你想引誘我上當對吧？哈哈哈哈，這個髒汙才不是我留下的呢。」「騙、騙人。這明明就是你摸過的痕跡！你那時候摸過這裡！」「哈哈哈，那時候我才沒摸這裡呢，多麼幼稚的謊言啊，哈哈哈……」

宗像露出鬆了口氣的表情。那像在嘲笑人的表情倏然收起。他轉頭望向在場眾人。

「剛才海野同學說『那時候我才沒摸這裡呢』。」

海野也就此收起了笑。他似乎還不明白自己剛才說了什麼。宗像這番話的含意，慢慢在整個教室裡擴散開來。不久，海野的聲音變得愈來愈小，最後甚至完全消失。他似乎也發現自己的失言。

「等、等一下。剛才那是這傢伙……設下的幼稚圈套！」

宗像指向教室後方的牆壁。那是針對自然科實驗結果所張貼的展示品。他注視著海野他們那組的照片。

「你拿在手中的藍色石蕊試紙，在手指碰觸的地方呈紅色對吧。那是你在沖洗手指上的墨水後，馬上貼上OK繃，才會變成那樣。因為OK繃吸了溶有墨水成分的水。我也一併調查了鋼筆墨水的製造商，那是國外製的墨水，具有強酸性。也就是說，你那天手指沾了墨水。是石蕊試紙的顏色變化告訴我這點的。」

鈴聲響起，第四節課結束。十二點十五分。傳來兒童們在走廊上來來往往的說話聲，但教室內卻寂靜無聲。國分寺老師也沉默不語。當中只有宗像一人，從呆立原地的海野腳下將我的課本收好。他已恢復成平時的神情。先前之所以擺出嘲笑人的神情，應該是為了激怒海野而刻意演戲。宗像將書包送到我座位。當時我看到他的手臂、手指、肩膀、雙腳，都在發抖。我心想，啊，要是剛才海野沒說溜嘴的話，現在你不知道會有什麼下場。你明明有可能會因為捏造證據，而遭受比我更嚴厲的指責。

「已經結束了……」

我向他喚道。他眼中噙著淚水。他應該也覺得很不安吧。他一直與緊張和壓力奮戰，為了不讓眾人看出，他一直在忍耐，但他應該也很害怕吧。

5

最後，海野的動機究竟是什麼呢？他為什麼恨我？話說回來，海野應該是喜歡我才對啊？但之所以會傳出這樣的傳聞，全是因為有人目睹他不時會看著我。大家都當他是對我存有好感，但其實根本不是這麼回事吧。他該不會是對我心懷憎恨，一直在找機會想設陷阱害我吧？我不清楚真相。他在說明一切原因之前，便已轉學。關於他恨我的原因，我原本一直都沒能弄明白，不過我猜想，或許和我父親有關。

那是他轉學後我才得知的事。我父親外遇對象的那名年輕女員工，似乎是海野的堂姊。我父親與母親離婚後，帶著那名女員工搬往遠處。現在似乎仍舊同居中，但他為了給我母親贍養費，給我養育費，聽說生活過得很苦。我不清楚海野對他堂姊抱持著怎樣的情感。不過，她或許是海野很看重的人。如果是這樣，對於奪走他堂姊的父親，以及身為父親女兒的我，自然不會有好印象。

宗像證明了我的清白後，我不再受霸凌，又能和好友們一起歡笑了。班上有幾名同學向我道歉，我又重拾昔日生活。我母親的那些媽媽朋友們似乎也發郵件向她道歉，她們又能像以前一樣毫無隔閡地談學校的事。

不過，我偶爾還是會夢到遭大家霸凌，在半夜醒來。我告訴自己，那一切都已過去，躺在床上調勻呼吸。接著我想到了宗像。

最後一次和宗像交談，是某個冬天的夜晚。晚飯後，我和母親一起看電視，有說有笑，這時門鈴聲響起。母親前往應門後，旋即叫我過去，我前往一看，只見宗像站在玄關前，一樣穿著他那不知哪裡撿來的運動服，一副很冷的模樣。母親想請他進屋裡坐。她也知道宗像是我們的恩人，也曾多次請他來一起來吃晚餐。但這天宗像的神情有異。

「我得馬上趕回家才行。」

他對我母親如此說道，接著轉身面向我。就像在思索如何開口才好似的，中間隔了好長一段沉默。一來或許也是因為天冷發抖的緣故，他似乎情緒激動，遲遲無法靜下來。他好不容易才開口說話。

「我是來跟妳說再見的。其實是這樣的，我們要搬家了……」

我留母親在家中，穿上鞋走出屋外。我和宗像兩人站在家門前交談。呼出的氣息轉為白霧，消失在冷風中。因為只穿單薄的衣服就走出家門，所以我一樣冷得直打哆嗦。

他說是要搬家，但其實是趁夜跑路。他父親欠債還不出錢，得要跑路。

「我們今晚就得離開這個市街。所以我想趁這最後的機會，跟妳道別。」

我聽他這麼說，感覺胸口一陣難過，一直低頭看著腳下。他那頭亂髮，因為很久沒洗澡，發出惡臭，上頭一層厚厚的油垢，但他是我的英雄，救我脫離那谷底深淵。所以現在他要離開，我心裡無比難過。

「真是太突然了。」

「我父親剛才才告訴我的。」

自從發生那件事後，開始有愈來愈多同學會主動和他交談了。明明交了朋友，每天都過得很快樂，現在卻要搬家，真的令人覺得很遺憾。

「對了，這個。」

他從口袋裡掏出某個東西。

「是我在自動販賣機底下找到的。」

他手中是一枚髒兮兮的十圓硬幣。

我拿在手中細看，淚水不自主地淌落。

「謝謝你，宗像，真的很謝謝你……」

在涕淚縱橫下，我一再重複同樣的話。

儘管他再也沒到學校來，但不管過了幾個月，同學們還是沒忘了他。就算小學畢業，升上國中，甚至升上高中，當時的同班同學聚首時，總還是會熱絡地聊起那天他站在講臺上破案的事。每當大家談論到他，我總會感到心頭一陣落寞。雖然現在我已長大成人，但當初他給我的那十圓硬幣，我至今仍保留著。每當我感到沮喪時，便會靜靜望著它，回憶起他的事，然後暗自心想，不知他現在人在哪裡，在做些什麼。

殺死瑪麗蘇

——中田永一

解說

瑪麗蘇似乎是實際存在的名詞。但由於在日常生活中不曾聽過，所以中田永一似乎也對瑪麗蘇的實際存在感到半信半疑。

（初刊載於《達文西》二〇一三年四月號）
（角川文庫《書的故事 一本書之門》收錄）

1

我針對自己想殺瑪麗蘇的動機，以及之後這幾年來的事，在此做一番記錄。

我這個人有個習慣，只要有我喜歡的作品問世，便會不顧一切地沉溺其中。作品的領域涵蓋了卡通、漫畫、遊戲、輕小說。在無聊的上課時間裡，我在腦中想像著自己心愛的角色，在筆記的邊角畫圖。我還用零用錢蒐集相關商品，看遍各種資料集，在牆上貼海報，整晚就與圖中的少年對望。想像著已完結的作品又有續集，幻想著角色們的外傳故事，朗聲唸出故事中的臺詞，並加以錄音，反覆播放來聽。

我一直過著很不起眼的人生。可能是因為天生愛吃，所以有著一副宛如大福般的體格。我個性畏縮、不擅詞令、動作遲鈍，不管做什麼事都沒自信，只要有人跟我說話，就滿臉通紅，而且笑聲難聽，還戴著一副難看的眼鏡。不論是異性還是同性，都無視於我的存在，班上同學應該都當我是個性陰沉、讓人很不舒服的女人吧。就算活在世上也沒任何好處，我甚至對自己為何活著，感到很不可思議。這樣的我，只有在一頭鑽進創作故事的世界中時，才感到自由。

身為國中生的我，最喜歡的角色，是在類似《勇者鬥惡龍》的奇幻世界裡旅行的RPG主角，也是一位和會說人話的大劍一起冒險的金髮少年。我望著製造商公開販售的少年海報，每天晚上都和他說話。說來也真不可思議，不知何時，我逐漸能聽見少年的聲音。當然不是海報開口說話，而是我在腦中自行替少年把話補上。

「是啊，沒錯……呵呵呵，對對對……」

夜裡要是在我的房間前豎耳細聽，應該會傳來有點可怕的喃喃自語。為了日後能憶起我與少年的對話，我將這些對話一字一句地寫在筆記上。這樣的幻想對話筆記一本一本累積，但我激昂的情緒並未因此平息。在我國二時，我終於開始動筆寫二次創作小說。

所謂的二次創作，是以構成原作的作品故事、世界觀、登場的角色等各種設定為依據，再次創作出新的作品。我所寫的二次創作小說，當然是我喜歡的角色少年他大顯身手的故事。此外我也讓原作裡所沒有的原創角色登場。她名叫露卡，是位十四歲的少女。我一面對她投注情感，一面寫文章。想像著少年與露卡攜手冒險的畫面，令我無限神往。在執筆的過程中，我完全化身成露卡。

高一那年春天，動作遲鈍，長得活像大福的我，決定加入某個社團。那就是動漫遊戲研究社，取其開頭字母，簡稱ACG社。第一次到社團教室時，我無比緊張，一直反覆地來到門前又折返。後來一名看起來和我一樣像是新生的女學生向我叫喚。

「妳想加入社團嗎？」

是一位戴著圓框眼鏡，個頭嬌小的女學生。一頭毛躁的頭髮，令人聯想到鳥巢。

「我也是耶，我們一起加入好嗎？」

「啊，好……」

「太棒了！我很怕自己一個人加入呢！」

「啊，我也……是……」

由於我在學校向來都不說話，所以一時間發不出聲音。她推著我穿過社團教室的大門。

教室裡彌漫著一股像舊書店般的氣味。牆壁整面都是書架，擺滿了科幻小說、輕小說，以及學長姐們推薦學弟妹必看的漫畫。我和那名鳥窩頭少女一同在加入社團的申請書上寫下名字。

「拜託妳，請投稿下一期的《千門》。」

半年後，學姐如此向我請託。《千門》是ACG社每個月發行的一本小冊子。ACG社有很多人從事同人創作，上頭刊登著他們的漫畫和小說。一起加入社團的鳥窩頭少女，以齊藤羅賓森的筆名，定期投稿電玩評論隨筆，替慢性腸枯思竭，寫不出稿子的學長姐解圍。

「有什麼關係，就寫嘛。妳那麼會寫文章。」

在齊藤羅賓森的建議下，我將二次創作小說的稿子交給學姐。起初本以為僅只一次，但之後卻順勢出了連載。可能是因為我以如月露卡的筆名發表，社員們之後都改稱呼我為露卡。

小冊子相當簡陋，是由十幾張印刷紙合訂而成。我們在學校告示板的角落貼上一個簡單的紙袋，在裡頭放進數本。我寫的小說，能和齊藤羅賓森的遊戲評論、西園寺丸子學姐的漫畫、新堂慎之介學長的科幻考證隨筆一起構成這本小冊子，令我備感驕傲。

「《千門》這個名稱是誰取的？有什麼含意？」

齊藤羅賓森一面以釘書機釘最新一期的小冊子，一面向西園寺學姐詢問。

「對哦，是誰呢？新堂同學說，在《說不完的故事》中，有一座建築就叫這名字。」

西園寺丸子學姐的漫畫，畫功拙劣，故事也雜亂無章，但她很受社團成員們歡迎。我的小說原本也很慘不忍睹，但她對我小說的批評，只到高一的第三學期，之後便不曾再說過什麼。

那是個細雪飄降的日子。在六張迎面擺設的桌子上，擺著一疊才剛完成的最新期《千門》。我們圍著暖爐，翻閱那剛完成的小冊子。

傳來敲門聲，一名看起來有點神經質的男學生來訪。是推理小說研究會的高三生。

「社長在嗎？」

「還沒來。應該待會兒就到了。」

新堂慎之介學長如此應道，接著那名男學生望向桌上的小冊子。

「那是最新一期嗎？我可以拿一本嗎？」

「當然可以。」

他開始翻閱，並說他是《千門》的讀者，每次都很期待最新一期的《千門》發行。我們聽了之後，有點不好意思，接著他開始針對每一部作品發表感想。齊藤羅賓森的遊戲評論有點過於主觀。西園寺丸子的漫畫畫風難看。新堂慎之介的科幻小說考證隨筆，文章艱澀難懂。他的話就像利刃戳進我們胸口，我們聽得都快哭了。最後他指向我的二次創作小說刊登的頁面。

「這篇小說的作者如月露卡是？」

「……是我。」

「哦，原來是妳啊。我每一期都看呢。妳文章寫得不錯。」

我猜他肯定會有一番嚴厲的批評，心中已事先作好心理準備。但他卻說出令人意外的話語。

「妳的小說裡會出現瑪麗蘇，對吧？坦白說，如果不處理一下，會讓人覺得不太舒服。」

我們眾人面面相覷，一臉困惑。沒人知道瑪麗蘇這個名字。我的作品中明明沒出現過這個角色。

就在這時，社長來到社團裡。那位推理小說研究會的男學生站起身，將小冊子收進書包裡，和社長熟稔地交談，一同離去，最後我沒能問清楚他話中真正的含意。

2

瑪麗蘇。

回家後，我上網查這個名字。接連點了好幾個網頁。那確實是從很早以前就存在的名詞。瑪麗蘇是二次創作的一種用語，指的是強烈投射出作者願望到令人覺得不舒服程度的原創角色。

之所以會出現這個用語，似乎與國外一部歷史悠久的科幻影集《星艦迷航記》有很深的關聯。關於《星艦迷航記》，我知道這個名稱，也知道它有許多狂熱的影迷。

當初《星艦迷航記》在播映時，對劇中世界抱持憧憬的人們，寫下了無數的二次創作小說。這時他們讓自己的願望投射成的原創角色在故事中登場。例如在全艦隊中最年輕，而且非常優秀、擁有特殊能力、深受原作登場人物敬愛的角色，在所有人陷入危機時，總能以活躍的表現解救大家，就像這樣的人物。如此不具現實感，宛如是青春期少男少女的願望所具現化而成、極度自戀的原創角色，往往成為人們批判的對象。而某天，對這些角色加以揶揄的女主角就此誕生。

一九七三年，在同人誌《Menagerie》第二期刊登了《星艦迷航記》的二次創作小說《A Trekkie's Tale》。在小說中登場的女主角是位原創角色，她是年僅十五歲半的瑪麗蘇上尉，是艦隊中最年輕的上尉。是在當時的影迷們所寫的二次創作小說中，原創角色常有的設定，作者刻意用它來塑造出這位少女。據說從那之後，只要是書中角色投射出作者自己的影子，而且塑造得過於理想，人們都會稱之為瑪麗蘇。

的確，我的小說裡一直都有瑪麗蘇。例如露卡這名少女，我明白我在她身上投射了自己的影子，讓她和我喜歡的少年角色一同冒險。現實中的我是個動作遲鈍的大福，而相對的，露卡的設定則是一位無從挑剔的美少女。烏黑晶亮的長髮，晶瑩剔透的玉膚，令人無條件喜愛、給人好感的五官。右眼的虹膜是黑色，但左眼的虹膜是紅色，亦即所謂的異色瞳屬性。原來如此，這就是俗稱的中二病。我之所以對瑪麗蘇這個名稱感到陌生，或許是因為日本已有中二病的稱呼，不需要這種外來語。

我回頭看自己目前正在寫的原稿，裡頭果然也有瑪麗蘇。我原本打算在下一期《千門》刊登某部學園科幻漫畫的二次創作小說，而裡頭登場的那位原創角色的少女，就是瑪麗蘇。

那位少女擁有超能力，因為她天才的頭腦和純真的個性而備受眾人疼愛，與原作中登場的那名少年主角是前世的戀人，而且還有異色瞳。我很喜歡這種設定。在描寫她和少年之間的情侶鬥嘴時，我覺得幸福洋溢。因為感覺就像我自己走進作品中，與少年變得親近。這些對話與故事主軸完全無關，這確實是大問題……

過去我根本不在意作品完成度的問題。但自從知道瑪麗蘇的存在後，我開始感到不安，擔心繼續這樣下去好嗎？寫二次創作小說可說是我唯一的嗜好，這感覺就像是我唯一的嗜好遭到否定。彷彿我的文章稱不上小說，就只是充塞著我個人願望的幻想宣洩。

我不要這樣！我要讓小說變得更好！

二次創作小說對我來說，是我與人們的連接點。讓我與齊藤羅賓森、西園寺學姐、新堂學長這幾位《千門》的創作者之間擁有共同的話題，我有生以來第一次找到適合自己的棲身之所。所以我非得將瑪麗蘇趕走不可。從我的文章中趕走，從我的小說中驅離。如果我不除掉像瑪麗蘇這種概念的人物，我恐怕無法成長。

一開始，我先從寫到一半的二次創作小說中刪除原創角色。以鍵盤的Delete鍵刪除少女的名字以及她相關的小插曲，逐一修正因這樣的改變而產生的分歧和矛盾。而在故事中與少年展開情侶鬥嘴的，已不是我創造出來的角色，我把它改寫成確實在原作中登場的女孩。但問題並未就此解決。

那名在原作中也有登場的女孩，在接棒承接這個角色後，瑪麗蘇開始改為附在她身上了。我發現她與少年交談時，我自己就會投影在她身上。我想對那名少年說的話，這次是改藉由她的嘴說出。不久，那女孩開始偏離她角色的主軸，冒出原作中絕不會說的對白。根據維基百科解說，這算是「更改原作的瑪麗蘇」類型。不能這樣坐視不管。

過了一段時間後，我決定開始寫其他作品，但在不知不覺間，瑪麗蘇又悄悄潛入我的作品中。一開始很正常的原作角色，言行舉止開始荒腔走板，我想說的話，想要別人說的話，都從他們口中說出。故事順利地進展著，只有我喜歡的角色開始展現很不自然的言行。不知從什麼時候起，原作中登場人物的內在都被瑪麗蘇給搶走了。我操控小說的韁繩被她奪走，整個故事被引向能滿足我願望的方向。

看來，我若不嚴格要求自己，便會被瑪麗蘇奪走整部作品。而更麻煩的是，身為執筆者的我，竟然覺得由她來操韁繩是很愉快的一件事。順著自己的願望來執筆，讓人充滿歡愉，因為這麼一來，創作就沒有痛苦，只有快樂。

我一邊喝咖啡，一邊回頭看過去的作品，並思考對策。話說回來，瑪麗蘇為何會出現在我的小說裡呢？一定是因為我動作遲鈍，而且長得像大福。我肚子積著厚厚一層肥油，臉頰肥胖浮腫。頂著一頭亂髮，眼鏡和服裝都土裡土氣。對什麼事都沒自信，總是一副精神緊繃的模樣，除了ＡＣＧ社的同伴外，沒有其他人會跟我說話。齊藤羅賓森沒和我同班，所以我在教室裡向來獨來獨往。為了擺脫現實世界裡的落寞，我希望至少在小說的世界裡能和自己喜歡的登場人物享受那幻想的對話。為了填補現實生活中的空虛，我著手寫二次創作小說，因此不管怎樣，我都會不自主地讓角色們往滿足我願望的方向走，都會順從自己的快樂去替故事掌舵。是我不起眼的人生，讓瑪麗蘇出現在小說中。

那麼，我究竟該怎麼辦才好？光是以Delete鍵刪除化為瑪麗蘇的角色，無法根本解決問題。只是又讓其他角色變成瑪麗蘇罷了。想要殺了她，就得先從我這個人的內在層面處理。我苦思了一個月後，突然想到一個解決辦法。

高二那年的春天，我下定決心付諸實行。鬧鐘的鈴響叫醒了我，我在天亮前便離開被窩。我換上運動服，在玄關處穿上運動鞋，母親打著哈欠醒來。

「妳要去哪裡？便利商店嗎？如果要吃肉包的話，冰箱裡有哦。要我幫妳熱嗎？」

「不，我今天不需要。我要出去跑步。」

「跑步？」

「對。我走嘍。」

打開玄關門，來到戶外後，冷冽的清晨空氣包覆我全身。雖說已是春天，但還是感覺得到寒意，我的氣息在路燈的照耀下化為一陣白煙。我在母親的目送下邁步往前跑。每踩向地面一步，便感覺得到我肚子的脂肪在晃動。

為了滿足願望，瑪麗蘇才會出現在作品的世界中，所以只要我自己不要有這些願望就行了。在現實世界裡感到空虛的事，不是透過寫作來填補，而是同樣在現實世界中加以填補。如果能成功做到這點，我應該也能寫出更精湛的作品。這是殺掉瑪麗蘇、將她從根本除去的方法，也就是除掉動作遲鈍，宛如大福般的我。

3

我的作品有個固定模式。那就是故事裡頭解決問題的方法，都是靠瑪麗蘇的超能力。以露卡的例子來說，不論陷入怎樣的困境中，最後都是靠露卡發揮潛藏的能力，將敵人一網打盡，迎接美好的結局。身上流有傳奇魔法師的血脈，是露卡的人物設定。但這樣的故事發展未免也太巧了。如果要與瑪麗蘇訣別，就不能再用這種手段。

高二那年夏天，我沉迷於少年漫畫雜誌上連載的熱血料理漫畫。內容是身為主角的少年參加錦標賽形式的料理比賽，雖然是一部料理漫畫，卻同時兼具運動類的熱血要素。我以書迷的身分寫信給作者，並投書出版社，希望他們能推出動畫，而最後我當然也決定著手寫它的二次創作小說。

我做的第一件事，就是勤上料理教室。這是我對付瑪麗蘇的對策。藉由提高小說世界的真實性，作品中的角色自然也會呈現出踏實的存在感吧。這樣就沒有我個人願望置入的空間，瑪麗蘇也會被屏除在外。因此當時的我為了寫二次創作小說，展開詳盡的資料蒐集。

在那之前，我幾乎從未下廚。為了寫出有真實感的描寫，我親自感受用菜刀切菜的觸感，並徹底學會做菜的基本前置作業、各種香料名稱和用法。我向料理教室的老師請教，和他討論小說的大綱。老師完全不需要像瑪麗蘇那樣的超能力，對於讓故事具有真實感的方法，老師給了我許多啟發。

生性怕生的我，之所以能變得這麼有行動力，應該是因為我對原作漫畫濃厚的愛，以及害怕瑪麗蘇潛入我作品中的恐懼吧。現在我和人說話時，語氣已有高低起伏，做菜的手藝也進步了，甚至能煮整套的大餐款待家人。而在順利完成那部二次創作小說後，我仍繼續上料理教室，為了不讓那好不容易學會的廚藝就此退步。

「寫得太棒了！看過後很有感覺！令人感動！」

我請齊藤羅賓森看我印出的原稿。看到她那微帶興奮的反應，我一時之間不知道她這番話該相信幾分。也許因為我們是自己人，她才會這樣誇我。

「不過，看了之後肚子都餓了起來。放學後要不要去哪裡吃點什麼啊？」

「不了，我在減肥。」

「妳還在繼續啊？為什麼？已經夠了吧？」

「不，還差得遠呢。」

為了寫出更好的二次創作小說，我什麼都願意做。如果原作是電玩，我就會一再地玩，熟讀設定資料，同時也對背景設定的國家文化、歷史、建築、時尚、風俗展開學習。倘若敵方怪物的名稱或造型是從神話世界得到啟發，我就會從神話展開研究，針對盔甲或武器的素材、強度、構造進行調查。這些知識並未全部反映在作品中，只運用了一小部分，但作品卻因此增添了真實性。如果秉持方便主義[15]的瑪麗蘇想入侵的話，會在周遭硬質牢固的世界觀下顯得突兀，我就能馬上用Delete鍵加以迎擊。

對於身為主角的少女，我已不再將她描寫成無來由地受周遭人喜愛。那是我典型的願望。不過，我的作品中並未將情愛排除在外。某人喜歡上某人的情節發展，我都刻意安排特別的原因，同時還會充實外在描寫和內在描寫，使雙方墜入情網的事件具有說服力。在進行外在描寫時，我會努力讓讀者在內心浮現角色的形象。服裝、髮型、身上的配件等，我也都會仔細在腦中想像後，才動筆描寫。因此，對於服裝和配件也得進一步考察才行。我買到與角色所穿的服裝或手提包類似的商品，實際穿戴，確認素材的觸感。當我調查原作作者喜歡的品牌時，也對時尚有了詳盡的了解。肚子這層肥油消失後，之前穿的衣服變得太過寬鬆，得重新買過，這樣剛好。我動員之前

15. 原文為「御都合主義」，主要在描述故事的展開時使用，是指無視故事之前的設定及伏筆，強制添加設定，以及使用過度的偶然等手法，以達到方便作者推進故事進行的目的。

得到的一切與服裝有關的知識，挑選自己要穿的衣服，思考該如何穿搭。

買便服時，爸媽會幫我出錢，不過我買來當二次創作小說資料的魔法師長袍和配件等，就非得用我自己的零用錢了。由於積蓄都已花光，不得已，我決定打工。

有一幕場景是小說的登場人物配戴隱形眼鏡，所以我展開調查，順便自己也戴起隱形眼鏡。由於故事中的人物有一頭烏黑亮麗的秀髮，於是我也學習如何護髮，並親自嘗試。不知不覺間，我對外表的自卑已逐漸轉淡，生活中的各種事開始變得充實。寫小說時，我的願望幾乎已不再失控，逐漸可以隨心所欲地操控整個故事。

升上高三後，我的時間全被念書準備升學考所占去，遲遲抽不出時間寫二次創作小說。擔任ＡＣＧ社長的齊藤羅賓森為了《千門》的發行，開始向高一、高二生邀稿，而我到社團教室露臉的頻率也愈來愈少。從那時候起，我在教室裡也開始有人會主動跟我攀談，說來還真是不可思議。在蒐集題材的過程中，原本害怕與人交談的意識變得淡薄，也已能直視對方的臉，還能用輕鬆的笑臉回話。當我結交的朋友愈來愈多，與不同班的齊藤羅賓森便愈來愈疏遠。

我在車站前的速食店工作，回家的路上順道前往圖書館，解我最不拿手的數學題，看我自己為二次創作小說所蒐集的資料，度過了夏天。在打工的地方認識了許多人，但沒和任何人聊到動漫或電玩的話題。有一次店長叔叔問我嗜好是什麼，我如實以告，結果他露出「哦，真令人意外」的表情。

「這話是什麼意思？」

「像妳這樣的孩子竟然擁有阿宅的嗜好，反差實在太大了。不，或許是我自己心中對阿宅存有偏見。」

「會有反差嗎？」

如果是以前的我，只要沒辦法和對方聊動漫或電玩的話題，就會不想多談，覺得如坐針氈。但現在我已能針對各種領域的話題和人侃侃而談，例如料理或時尚的話題、西洋的街道、建築、歷史，或是神話相關的軼聞等，當初為了寫作而學到的知識派上了用場。我開始與打工認識的其他高中女生互通電子郵件，假日還會一起出遊。

「請和我交往。」

當打工處的一位大學學長向我告白時，我完全搞不清楚狀況。那是在我們走出店外，回家的路上一起並肩同行時發生的事。當時是冬天，在冷澈肌骨的冰冷寒風下，我的手指泛紅發麻。

我回答說要考慮，就回到家中，在浴缸裡泡澡思考。由於我一直待在浴室裡沒出來，母親很擔心，前來確認我是否平安無事。我從浴缸裡起身，往浴室旁的鏡子窺望，觀察現在的我變成什麼模樣。只見我兩頰通紅。

要賦予受人喜愛的理由。為了不讓故事人物在方便主義的影響下，變得廣受眾人喜愛，我仔細設定其受人喜愛的理由，加以描寫。難道我在不知不覺間，在現實世界中成功賦予了自己受人喜愛的理由嗎？我常在休息時間和這位學長聊天、互借音樂CD，甚至常有電子郵件往來。在我以這位學長做為第一人稱視點所描寫的這部分裡，這些日常生活中瑣細的小事，或許都化為讓他萌生愛意的動機，也就是催化戀情的事件，映入了他的眼中。

我開始與學長交往。請他指導我功課、互贈耶誕節禮物，高中畢業後進大學就讀。我開始自己在外租屋，結束先前那份工作，但我與學長仍舊穩定交往，度過一段充實的人生。猛然回神時，發現我已好久不曾和齊藤羅賓森聯絡。

我長大成人，到了可以喝酒的年紀。我已無法對著自己喜歡的角色海報說話，在腦中享受彼此間的對話。之前之所以那樣傾注全身之力，想進入自己喜歡的動漫和電玩世界中，是因為在現實世界裡沒人肯正眼瞧我，我討厭這樣的人生。為了從如此悲慘的現實中別開目光，保有我的內心，我沉浸在自己喜歡的作品中。之所以不惜殺了瑪麗蘇也要持續寫二次創作小說，也是因為我想更進一步沉浸在我喜歡的作品中。

然而，我想逃往作品世界中的那份欲望，如今已蕩然無存。在現實世界中愈是幸福，愈提不起寫二次創作小說的欲望。我有我自己的現實領域，我確定我將會在這裡生活、面對人生、得到幸福，或許這就是所謂的長大吧。

我不會和大學認識的朋友聊狂熱的動漫，對最新推出的遊戲已開始陌生，喜歡的電玩廠商推出的新作，也已不再追買。雖然還是會上料理教室，但現在感覺比較偏向是為了當新娘子而學做菜，當初無比熱中的熱血料理漫畫，也不知什麼時候中斷了。昔日那動作遲鈍，長得活像大福的我已是過去式。如今的我有人喜愛，還有許多朋友，愈是幸福，愈是想不起自己投入二次創作小說中的那段過去。

那是大三那年秋天，一個晴朗無雲的日子。我在一家喜歡的咖啡廳裡，和幾名年輕女孩邊喝咖啡，邊聊「初戀對象是怎樣的人」這個話題。我想起了在異世界奇幻ＲＰＧ中登場的少年角色，不過，我還是扯謊做出比較保險的回答。我的朋友們開始聊起當初如何與男友分手，以及想在耶誕節前找到男朋友的事。

縱情歡笑後，我步出店外，與朋友們道別，開心地踏上歸途。就在我等紅綠燈時，傳來一個聲音。

「露卡！如月露卡！真是巧遇呢！」

我花了幾秒的時間才想起這個名字。從聲音的方向走來一位個頭嬌小、戴著圓眼鏡的女性。她頂著一頭像鳥窩般的亂髮。

是齊藤羅賓森。

4

我們前往附近的咖啡廳，迎面而坐。她和高中時代一樣，完全沒變。聽說她一面上大學，一面兼職在出版社當編輯，同時也以作家的身分寫作。她遞出自己設計的名片，與我閒話家常了一會兒後，開口道：

「對了，妳知道西園寺學姐的事嗎？」

「學姐她怎麼了？」

「她以漫畫家的身分出道了。贏得獎金，在雜誌上刊登漫畫。她現在畫功進步許多，看了真教人吃驚，完全是職業級。」

「職業級？真厲害！西園寺學姐真有才能！」

「不光是才能，她也很努力。她說過，絕不能輸給如月露卡。」

我望向齊藤羅賓森。

「妳的小說不是從某個時期開始進步很多嗎？西園寺學姐畢業後，還是不時會來找我，看妳刊登在《千門》上的稿子。我們看了妳之後才發現，人確實可以藉由努力而進步。妳最近在寫什麼作品？」

經過一段時間的沉默後，她嘆了口氣。

「我才在想，妳該不會已經沒寫了吧，真可惜……」

「是寫不出來。因為已經沒必要寫了。我不再從事二次創作，如今的我已經無法愛虛擬的世界，因為我在現實世界中得到了幸福。」
「這我無法容許。因為妳明明有寫小說的才能。我有一個提案，我打工的那家出版社的編輯部這次想要推出輕小說，不過書稿來源不足，妳要不要試著寫寫看？」
「寫？寫什麼？」
她露出早已拿定主意的神情。
「妳的原創作品啊。這還用說嗎？既然妳已經不再從事二次創作，這樣正好。我一直很想拜讀妳的原創作品呢！」
我們步出咖啡廳時，天空已染成一片緋紅。
「妳遇見我，真的是偶然嗎？」
「這個嘛，該怎麼說呢？」
她留下這句話後，轉身離去。我朝那逐漸遠去的鳥窩頭凝望良久。
我無法馬上決定是否要接受齊藤羅賓森的委託，想先考慮一陣子。雖然她叫我寫原創小說，但我根本不知道該從何寫起。因為過去我都是愛上某個已存在的作品世界，並沉溺其中，這才寫得出小說。而且現在已歷經好幾年的空白，我不確定自己現在是否還寫得出文章。

齊藤羅賓森真是自作主張，我的目標又不是要當作家。我只是個在十幾歲的年紀時，一度寫過二次創作小說，極為平凡無奇的人。的確，我曾為了寫出更棒的二次創作小說而付出努力。我投入減重也算是這項努力的其中一環。

動作遲鈍，且長得像大福的我，對任何事都拿不出自信，沒人會正眼瞧我。所以我才會因應自己的想望而創造出受人喜愛的角色，打亂作品的協調性。

瑪麗蘇。

好久沒想起這個名字了。滿含作者願望的少女。擁有過人的容貌與超能力，人見人愛，臉上始終掛著笑容，在陷入困境時，總是剛好由她出面拯救同伴，備受眾人尊敬和愛慕的角色。

當我正在寫回絕齊藤羅賓森的電子郵件時，她剛好打電話來。

「喂？那件事妳考慮得怎樣了？不必現在回覆沒關係。重要的是，下次可以和我一起去社團教室露個臉嗎？學弟妹們一直吵著要見妳呢。」

「學弟妹？ACG社嗎？」

「那還用說！因為妳從來沒露過臉，所以都不知道，如月露卡的作品在學弟妹之間可是擁有超高人氣呢！大家都在翻找《千門》的過期雜誌，搶著看妳的作品！」

我在車站前與齊藤羅賓森會合，並肩走在以前上學的道路上。隨著校門愈來愈近，一股懷念感湧上心頭。今天是星期六，所以校舍內空空蕩蕩。明明只隔了短短幾年，但鞋櫃周邊的氣味以及走廊的迴響聲卻都令我深受感動。我和齊藤羅賓森穿上外賓用的拖鞋，往教室走去。

「我和妳的第一次邂逅，就是在這裡。」

她站在教室門前，如此說道。我頷首。那天我害怕走進社團教室內，不斷來回走動。要不是她出聲叫我，我或許就不會加入社團，就此度過往後的人生。

齊藤羅賓森敲了敲門，也不等人回覆，便直接走進裡頭。

「大家好！」

但教室裡空無一人。雖然今天是假日，但應該有幾名想見我的學弟妹會到學校來，在這裡等我們才對。

教室裡還是和以前一樣。六張擺在一起的課桌上，貼著切剩的網點邊角。現在應該還是有人在這個地方繪製漫畫原稿吧。

「抱歉，也許是我弄錯時間了……」

齊藤羅賓森拿出手機確認電子郵件，得知似乎是我們提早一個小時到達。

「怎麼辦？要不要先找個地方喝咖啡？」

「就待在這裡吧。不久就會有人來了。」

我坐向椅子，心不在焉地望著室內。

「真令人懷念。」

「妳或許會有這種感覺，不過我常來，所以不會。」

我聽她聊到認識的學長姐以及學弟妹們的近況，還談到最近ACG社團的活動以及社團指導老師。不久，齊藤羅賓森的手機鈴響，她看了液晶螢幕後，吐舌做了個鬼臉。

「是編輯部打來的。妳等我一下。」

她到走廊上接電話，剩我一個人在教室裡。我望著層架上的一整排《千門》，決定拿它來打發時間。看了最新一期的封面，我連上頭畫的角色叫什麼名字都不知道。我找尋過期雜誌，拿了幾本在手上細看。上頭刊有如月露卡的文章。

齊藤羅賓森遲遲沒回來。我坐在椅子上閱讀《千門》時，逐漸感到眼皮沉重，哈欠連連。外頭傳來陣陣鳥囀。雖然冬日將至，但今天仍有暖陽傾照。我趴在桌上，決定小睡片刻。接著我作了個夢。

當我在翻頁時，一排又一排的文字從我眼前掠過，隨後消失，就像旋轉木馬一樣，也像是老電影的膠卷。在夢中，我看的就是《千門》。

不知何時，一名女學生與我迎面而坐。那是睜著一雙大眼的美少女，烏黑的長髮和雪白透亮的肌膚，身上穿著幾年前我也穿過的制服。美少女一見到我，便瞇起眼睛。

「嗨，好久不見了。」

她以纖細的食指撩起垂向臉頰的頭髮，掛向耳朵上方。接著像在碰觸心愛之物般，拿起桌上的《千門》。

「我是不是在哪裡見過妳？」

我向她詢問之後，才發現少女的兩顆眼珠不同顏色。右眼的虹膜是黑色，左眼的虹膜是紅色。是異色瞳。

「妳忘啦？不就是妳殺了我嗎？」

少女的臉上泛著笑意，從她脣間露出皓齒。那是任誰看了都會無條件愛上、魅力無法擋的表情，但面對那驚人的告白，我卻不為所動。就像是很自然的事一樣，心裡想著「嗯～原來是這麼回事」，就接受了事實。我們就在迎面而坐的狀態下翻閱著《千門》。

「妳現在還在寫小說嗎？」

她問。聲音像音樂一樣悅耳。我十幾歲時的願望、夢想、孩子氣的幻想、人見人愛、無所不能的角色，同時也是惹人嫌棄，讓作品的世界就此崩毀的角色，就是她。

「早沒寫了。」

少女擱下《千門》，盤起雙臂凝睇著我，一副趾高氣昂的模樣。

「妳長大成人後，已經懂得巧妙地跟這個世界妥協了，對吧？」

「我已經沒必要寫了。」

「如果是為了妳自己，或許是吧。」

「這話是什麼意思？」

「等著看妳文章的人，除了妳之外，還有別人。這是很幸福的一件事，而其實妳自己也很希望是這樣。妳只是害怕罷了，不是嗎？」

美少女站起身，準備走出社團教室。那優雅的姿態、纖細的手腳，就像在跳芭蕾舞一樣。我朝她的背影喚道：

「等等，瑪麗蘇，我還能再見到妳嗎？」

「妳不是很排斥我嗎？」

「妳說得沒錯。」

不過，我隱約覺得我不能忘記這名少女。還有我十幾歲時，那悲慘的記憶，以及那寂寞、不安，幾欲崩潰的記憶。那段儘管活在世上，卻沒遇見過任何好事，對自己竟然還能繼續活著感到不可思議的歲月。如果忘了這一切，彷彿我將不再是我，這股不安深深將我攫獲。

「我們隨時都能再相見，就算妳長大成人也一樣。只要妳叫我一聲，我就能像以前一樣，毀了妳的作品。」
少女如此說道，走出教室。
而我醒了過來。
當我仍沉浸在夢境的餘韻中時，齊藤羅賓森已返回。接著，我那些學弟妹們也都來到這裡。他們無比熱情地歡迎我。有人說他反覆看了不下百回，有人則說他是因為看了我的作品，才開始對原作的遊戲或漫畫產生興趣。我明明不是職業作家，卻有一種歉疚感。時間轉眼過去，我在他們的目送下步出校舍。穿過校門，走了一會兒後，我停下腳步，齊藤羅賓森望著我，臉上的表情寫著：「來，告訴我妳的決定吧！」
「那些孩子見到妳時，那眉飛色舞的神情，妳看到了吧？大家都很喜歡妳的文章呢。」
她搔著鳥窩頭，露出難為情之色。
「而比誰都想看妳的小說的人，其實是我。我一直覺得，如果能替妳編輯出書，不知道有多好。」
我想起夢裡瑪麗蘇所說的話。
她說有人等著看我的文章，指的是她嗎？

還是我那些學弟妹們？

或者是像十幾歲時的我一樣，因為那些人們創造出來的作品世界，而得到生命動力的孩子們？

由我來寫原創小說？

「要我憑空寫出自己的故事，我不知道該怎麼寫。」

我說完後，齊藤羅賓森馬上變得目光炯炯。

「這包在我身上！妳可以找我諮詢！不管花多少時間都行！很好，這下愈來愈有意思了！」

之後，日子就在匆忙中度過。

就算我大學的朋友們約我一起吃飯，我也常拒絕，並向我交往的男友坦白說出我以前曾用如月露卡這個筆名寫小說的事。

在上課中，我在筆記本上大量寫下備忘錄，醞釀故事情節。與齊藤羅賓森約在平價餐廳見面，在飲料吧裡一討論就是好幾個小時，對故事的設定進行構思。起初只有破碎零星的抽象畫面，我用語言和邏輯將它們逐一串聯。為了讓我的作品呈現出真實感，我還在圖書館蒐集資料，投注時間一一細看。就像母鳥孵育心愛的鳥蛋，為它獻上自己的溫熱般，我用心培育故事，靜靜等候它自己開始呼吸，從裡頭破殼而出。

那天，我判斷自己已可以開始寫作，就下定決心，坐在電腦前。

但我的手指卻無法動彈。

這不是二次創作，而是即將在我自己的世界裡展開的旅程。要怎麼寫都行，這樣的自由度令我害怕。我暗自在心裡唱誦她的名字。

瑪麗蘇！請助我一臂之力！

之前借用某人的世界寫小說時，我從沒想過會發生這種問題。但在那樣的日子裡，若不向她求救，根本無法往前跨出半步。我需要的就是那時候的那份自戀，以及完全不怕寫作，不顧一切往前衝的熱情。

我暗自祈禱今後我要創造的世界，會有許多人們不曾見過的故事。主角們的冒險能一直持續，不會半途而廢，同時期盼我的寫作過程充滿快樂。

我緩緩做了個深呼吸，讓心平靜下來。

接著開始對著鍵盤打字。

無線電對講機

——山白朝子

解說

山白朝子是在怪談專門雜誌《幽》執筆的作家。恐怖故事常有的模式之一，就是與死者通電話，而這篇短篇作品可說是此模式的變形版。二〇一一年三月十一日發生的東北地方太平洋近海地震以及福島第一核電廠事故的悲劇，可以看出是這篇短篇作品的執筆動機。

（初刊載於《冥》vol.4 二〇一四年四月）

一

二〇一〇年，在我下班返家時行經的一家玩具店門前，推車上擺著沒賣出去的無線電對講機。那不是山難救助隊所用的正統對講機，而是專為小孩子製造的便宜玩具。藍色的塑膠機身上有黃色按鈕，採兩個一組販售。在實際使用方面，如果是在五十公尺的距離內，便能進行通訊。現在離聖誕節還有點早，不過我決定買回去送我兒子。

三歲的小光喜歡交通工具，一見到救護車或消防車一定會揮手。他尤其喜歡警車。每次只要電視上的新聞節目播出事件或事故的畫面，小光便不理會一旁流露沉痛表情的大人們，自顧自的大呼小叫。因為畫面角落拍到了警車。

「嗶！是警車！ㄋㄟㄋㄟ！ㄋㄟㄋㄟ！」

為什麼要補上「ㄋㄟㄋㄟ」這句話呢？只能說孩子年紀還小。孩子在三歲到四歲這個時期，特別愛說尿尿、便便、ㄋㄟㄋㄟ、雞雞等詞彙。不管是坐電車還是在餐廳用餐，一樣ㄋㄟㄋㄟ、雞雞、ㄋㄟㄋㄟ、雞雞地說個不停。

某天，客廳的電視在播放某個跟拍警察活動的紀錄片節目時，裡頭的警察使用了警車裡的無線電對講機通話。小光自從看過之後，假裝用無線電對講機說話便成了他最愛的遊戲。他拿著我或夏美的手機貼在臉上，假裝是警察說道：

「爸爸，是ㄋㄟㄋㄟ。雞雞尿尿。」

「警察才不會說這種話呢！」

得到無線電對講機玩具後，沉迷於玩這遊戲的小光樂不可支。我從包裝盒取出主機，裝進電池，開啟電源。從喇叭口裡傳出一陣「沙——」的白雜訊後，便處在可通訊的狀態。要傳送聲音時，要按著黃色按鈕講話。這時，另一邊的主機就會發出聲音。沙的雜音，似乎只有在接收聲音時才會變小。小光馬上便學會無線電對講機的用法。他整天寸步不離地帶在身邊，吵著要人和他玩無線電遊戲。

「爸爸！屁屁！玩這個，這個！」

他高舉著無線電對講機朝我走來，話語中夾雜著幾個語意不明的字彙。我陪他玩這個遊戲。拿著另一支對講機，有時躲在壁櫥裡，有時用窗簾裹住身體，向他傳送聲音。

「你猜爸爸在哪裡？」

我們邊對話，邊玩捉迷藏，樂在其中。儘管如此，大部分的情況下我都聽不懂小光在說些什麼。面對他嘰哩咕嚕、語意不明的一大串話，我總是隨口回應。他能清楚發音的字彙有限，不外乎就是他喜歡的交通工具名稱，或是ㄋㄟㄋㄟ、雞雞之類的。儘管如此，我和夏美還是很滿足。與同年紀的孩子相比，他的說話能力發展比較遲緩，所以不管他說什麼，只要他開口講，我們都很開心。

無線電對講機有個可供穿繩的小孔，我穿上繩子，讓小光可以掛在脖子上。不知從什麼時候起，小光在上頭貼滿了他喜歡的卡通人物貼紙，替對講機裝飾。而這麼可愛的小光，卻在二〇一一年三月十一日撒手人寰。那場可恨的地震，引發可恨的海嘯，將我的妻兒捲走。我家在相隔數百公尺遠的地方被發現。一樓的部分整個不見，只有二樓的部分卡在山坡上。當時我人在公司，只有我逃過一劫。體育館被充當遺體安置所，我接連找了好幾間，始終都沒找到小光和夏美的遺體。

事發之後過了一年，我的親人和朋友仍輪流前來探望我。可能也是為了確認我有沒有自殺吧。

「你孩子幾歲？」

「四歲。」

「已經沒包尿布了嗎？」

「對。已經會自己上廁所了。」

與前來拜訪的朋友展開這樣的對話時，我總會壓抑不了自己的情緒，趕他們走。

我在公司旁租了間公寓。我不開伙，都是直接在便利商店買便當和酒回家，邊看電視邊吃晚餐。雖然我住的公寓只有兩房，但這樣已非常寬敞。如果是以前，恐怕小光的玩具會散落一地，連踏踩的空間都沒有。他應該會沿著榻榻米的邊線，將好幾輛火柴盒小汽車連在一起，以此玩樂吧。小光和夏美的物品，能領回的就只有幾個紙箱那麼多。我擦除泥巴，將它們曬乾後，收進壁櫥裡。

在我平時的生活中，我盡可能什麼也不去想。在公司裡工作到筋疲力竭為止，然後向同事們行個禮，返回公寓。我沒參加喝酒的聚會。要是有我在，熱鬧的氣氛會變得冷場，所以我都在自己家中喝酒。啤酒、燒酒、日本酒、葡萄酒，一杯又一杯往胃裡送，直到我意識模糊為止。

我在深夜聽到那個聲音，已是震災發生兩年後的事。那天我同樣喝得酩酊大醉，看著主張反核的政治家在電視上演說。拜紅酒之賜，我舒服地打著盹，這時，某處傳來一陣「沙——」的聲音。壁櫥裡發出嗚響聲。我在睏意與暈眩的侵襲下，拿出裡頭的紙箱。

從我全毀的屋子裡領回的無線電對講機玩具，上頭的ＬＥＤ燈亮著紅燈。那沙沙聲就是從喇叭處傳出。應該是因為某個緣故而誤觸電源吧。這不是小光整天掛在脖子上的那支。那支上頭穿著繩子、貼滿貼紙的無線電對講機和小光一起下落不明了，也許現在仍掛在他脖子上，在某處的海上漂流。

沙……

我邊喝酒，邊望著那支無線電對講機。雖已喝醉，但我還是極力思考各種可能性。那天如果我一時心血來潮，請假沒去上班，全家一起外出，會是怎樣的結果呢？如果是待在我位於隔壁縣的老家呢？小光應該就能躲過海嘯的侵襲，在一臉沉痛表情的大人身旁，和他的堂兄弟玩吧。然後現在就能一樣在我周圍東奔西跑，挨夏美的罵。當時要是我那樣做就好了，如果能這樣做就不會有事了，我胸中充塞著懊悔，幾欲爆裂。不久，我漸漸進入夢鄉。意識即將深深滑入一個無比舒暢的黑暗世界。

沙……

但那天，在我即將睡著前，我聽到了。白雜訊斷斷續續，突然傳來一個無比懷念的聲音。

……爸爸……沙……奶……雞……沙……

二

手機的鬧鐘鈴聲響起，我猶如從泥沼中爬出般，起身淋浴。只喝了杯咖啡便前往公司。下班後，先繞往便利商店一趟，然後回家。再來就是喝酒，睡覺。我的生活模式很簡單。因為海嘯帶走了我的一切。我原本的預定計畫已不再被孩子打亂，吃到一半的果醬麵包，也不會在我不注意時被放進抽屜裡。替孩子擦屁股時，手指不小心沾上糞便，冬天乾裂的手指卡在尿布裡，這些事都已不會再發生。

為了不讓自己情緒爆發，我打開電視看綜藝節目，轉移注意力。這時，我發現遙控器的電池沒電了。我心想著該怎麼處理才好，在房裡東看西找，結果發現無線電對講機放在地上。

我想起昨晚的事。無線電對講機和遙控器都是用四號乾電池。既然這樣，就把裡頭的電池改裝進遙控器裡吧。反正對講機裡頭裝著電池，也用不著。我心裡這麼想，拆下對講機的電池蓋。這時我才猛然想起一件事。

當初在領回時，對講機滿是泥巴。為了要保存，我將電池拿出，再將它擦拭乾淨。因為我知道再也不會用到它，所以裡頭的舊電池已經扔了。換言之，現在對講機裡頭沒裝電池。如果是這樣，昨晚的白雜訊是打哪兒來的？那發光的紅色ＬＥＤ燈又是怎麼回事？

我並未細想。這一切肯定全是酩酊狀態下的幻覺或幻聽。

幾天後，無線電對講機再度響起。那天，我駕著公司車跑外務，在等紅燈時，看見一位帶著孩子的母親。那背影像極了夏美和小光，所以我心想，他們也許沒被海嘯捲走，存活了下來。

我在十字路口停下車，衝出駕駛座，朝那對母子追去。在我的叫喚下，他們兩人轉過頭來，但長得一點都不像夏美和小光。其他車輛朝我猛按喇叭。因為我把車停在十字路口上，後方交通完全打結。

當天晚上我喝得爛醉如泥。因為手拿不穩，燒酒灑滿一地。我連擦拭的力氣都不剩，為了讓心情平靜下來，我打開一罐啤酒。由於房內一陣搖晃，我一時還以為是餘震，便打開電視。但我等了良久，始終不見地震的相關報導，我這才明白，是我自己在搖晃。

視野扭曲變形，變得彎彎曲曲，開始感到陣陣頭痛。耳朵就像封了一層膜，不知從何時起，傳來一陣「沙——」的雜音。我望向房間角落，發現從幾天前就一直丟在那兒的無線電對講機，上頭的ＬＥＤ燈在發亮。

「竟然假裝開啟了電源，渾帳東西！」我脫口罵道。

當白雜訊的聲音變小後，緊接著傳來孩子的聲音。那確實是我熟悉的聲音沒錯。

沙……爸爸……沙……

小光應該已經死了，所以這是我自己在腦中編造出的聲音。但我並不討厭這樣的幻聽。

爸爸……哪裡……找不到……沙……

我一把握住對講機，按下黃色的發話鈕，朝它喚道：

「小光，聽得到嗎？爸爸在這裡啊！」

就算不是真實存在也罷，那聲音為我帶來慰藉。經過一陣白雜訊後，傳來回答。

……找到爸爸了……沙……肚臍……

可以成功溝通，令我喜上眉梢。我繼續朝對講機叫喚。

「肚臍？肚臍怎麼了？」

沙……肚臍癢癢……沙……

「你不能太用力抓哦！媽媽呢？媽媽在旁邊嗎？」

……媽媽？……在這邊……

「可以叫媽媽聽嗎？」

不行……ㄋㄟㄋㄟ……

我認定這是幻聽，享受著這場對話。雖然小光說起話來斷斷續續，但那也無妨。我持續喝酒，喝到舌頭都不靈光了，旋即像昏厥般沉沉入睡。這種情況平均一週總會發生幾次，隔天醒來都會覺得心情愉快。

為了確認我有沒有自殺，或是有無自殺的徵兆，我妹妹都會前來探望我。在玄關處一看到我，她便露出鬆了口氣的神情。

「太好了，你看起來氣色不錯。」

「最近過得不錯。」

不過，當妹妹走進屋內，一看到地上成堆的酒瓶，馬上皺起眉頭。

「你酒喝得太兇了吧？」

最近酒喝得愈來愈多，我也有這樣的自覺。不過精神層面卻也因此變得穩定。我開始會打掃屋內，也會自己做飯吃。我買了飯鍋，自己煮免洗米，晚餐吃熱騰騰的白米飯。但早餐時還是一樣匆忙，只能喝杯咖啡充數。都是因晚上和小光用無線電對講機聊到很晚的緣故。

「不過太好了。看哥哥你好像很有精神呢。」

「我沒事了。這些時日讓妳操心了。」

妹妹朝擺在房間層架上的無線電對講機瞄了一眼。

「真令人懷念。以前常和小光玩這個遊戲對吧。」

她拿起對講機，打開電源開關，但ＬＥＤ燈沒亮，也沒傳出白雜訊的聲音。

「裡頭沒裝電池。不過，每次我喝醉時，裡頭就會傳來小光的聲音。」

妹妹當我是在開玩笑，一笑置之。

後來我接受公司的健康檢查，醫生警告我，說我飲酒過量，但我決定不予理會。我該做的事，就是在超市採買日本酒、燒酒、葡萄酒、威士忌。為了用無線電對講機與小光的幻聽聲音對話，我非得喝得酩酊大醉不可。我的視野變得歪斜，屋柱開始像生物的內臟一樣扭曲，我坐在柔軟的地面上，幾乎快要往左右兩旁倒下，但還是不斷拿酒往嘴裡灌。接著我發現，無線電對講機的ＬＥＤ燈正發出紅光。

爸爸……在嗎？……沙……尿尿了！……

距離那場震災都已經兩年了，小光還是喜歡說些令大人為之皺眉的字彙。我按下通話鈕說道：

「這樣啊。去請媽媽幫你換尿布啊。」

沙……爸爸換！……沙……

「爸爸在很遠的地方，沒辦法幫你。」

……到這邊來！……一起玩！……沙……

死者的話語，這時候聽起來無比甜美。

在酩酊狀態下的我，做出平時絕不會這麼想的行為。

「真拿你沒辦法。那你等我一下哦。」

我擱下無線電對講機，打開壁櫥，取出捆包用的尼龍繩，用它來上吊。

三

我在客戶公司裡的接待室與對方交換名片，坐在皮沙發上開始談生意。一名年輕的女性員工前來，朝我面前擺了一個茶杯。

「竹宮，怎麼了？」

與我談生意的男子朝那名端茶來的女子喚道。她原本應該是擱下茶杯就離開才對，但這位姓竹宮的女子卻站著不動，視線投向我的脖子。我與她四目交接時，她這才猛然一驚，低頭行了一禮，走出房外。

似乎被她看到我脖子上的瘀青了。如果是在一般情況下與人面對面，瘀青會隱藏在西裝的衣領內，所以我完全不擔心。但我人坐在沙發上，她應該是站在從上往下望的角度，所以才會看到我的脖子。

我最後是自殺未遂。上吊用的繩子所綁的地方，沒想到那麼不耐重。我懸吊幾秒後，釘在牆上石膏板的鉤子便脫落。結果，我雖然沒喪命，但是那過了好幾天仍未消散的繩子勒痕，卻成了瘀青留在脖子上。

談完生意後，我走出客戶的公司，這時，有人在停車場叫喚我。那名替我端茶杯來的年輕女員工站在一旁，冷得直打哆嗦。

「呃……」

她手裡拎著便利商店的袋子，朝我遞出一盒巧克力。是到處都買得到的商品。

「這個很好吃哦。請吃吃看。」

「哦，這個啊。」

「您知道？」

「我兒子以前很愛吃。」

我一面回答，一面心想，她對我的事到底了解多少。之所以主動向我搭話，是因為我脖子上的瘀青吧。可能她看出那是自殺未遂所造成，替我擔心吧。我謝謝她的巧克力，坐進公司車內，發動引擎。在我駕車離去前，她一直都站在停車場裡。

之後不知道第幾次見面時，我們交換名片，就此開始聯絡。她的全名是竹宮亞希。那靦腆的笑容令我印象深刻。我們第一次一同喝酒時，她一本正經地說道：

「我拜託你，請不要尋短。」

她在震災中失去了雙親。

沙……

我的公寓房間裡傳出白雜訊的聲音。

「媽媽在你那邊嗎？可以請她聽嗎？」

我在酩酊狀態下，握著無線電玩具，按下通話鈕講話。我沒和任何人談過無線電對講機的事。要是讓人知道，我是藉由聽自己兒子聲音的幻聽，才得以保有正常的精神狀態，肯定會被投以異樣的眼光，可能還會介紹我看心理諮詢醫師。但就算它不存在，我還是需要聽死者的聲音。我可以藉此得到療癒，稍微減輕只有我一個人苟活在世上的歉疚感。

白雜訊變得斷斷續續，傳來人聲。

爸爸……媽媽在這裡……沙……大奶媽……

聽著小光那憨傻的話語，只有在這一刻，我感覺恍如回到震災前的祥和時光。附帶一提，「大奶媽」這個粗俗的字眼，小光生前很愛這麼說。不清楚他到底是從哪裡學來的。我明明不曾說溜嘴，在小光面前講過這個字啊。

「換媽媽說吧。」

不行……小光要說……沙……

「媽媽她好嗎？有沒有哭？」

媽媽……沒有哭哭……大奶媽！……沙……

哭哭是幼兒形容哭泣的用語。

「有其他人在嗎？」

有啊……大家都在……

「那裡暗嗎？還是很亮？是怎樣的地方？」

不知道……小光噗噗了……沙……

噗噗是放屁的意思。小光每次放屁就會說「小光噗噗了！想再噗噗一次！」想要一直放屁。真教人傷腦筋。

「小光，你在那裡都在做些什麼？」

跳舞啊……和媽媽跳舞……

我一直都認為這是我自己的幻聽，是自己創造出的虛構故事。但要是真有一個死者的國度，夏美、小光，以及其他死者們都在那裡幸福地生活，不知有多棒。我向來都認為，人們創造宗教，描述死後的世界，是因為害怕肉體就此從世上消失。不過，創造出宗教的人，他們的原動力或許是出於對死者的一份體恤和慈愛。

與竹宮亞希結識已有一年多，我們之間產生了一種親密的情誼。不過我和她之間的關係，終究只是朋友。我心中存有迷惘。我覺得自己要是有了新的戀人，恐怕就會忘了夏美和小光。我不想讓震災前的家人就此走出我的人生。我一定要牢牢記住他們在世時的模樣，以及他們歡笑的樣子，就算只有我一個人記得也無妨。結交新的戀人，只有我自己得到幸福，感覺像是背叛了他們。竹宮亞希可能也察覺了我的迷惘，但她從不過問。

「我母親是福島人。」

某天在餐廳用餐時，竹宮亞希說。她母親的娘家位於核電廠爆炸事故中被認定為難以回歸的地區。當然了，那裡現在已沒住人。一整年的累積放射線量超過五十毫西弗，如果在那裡生活超過一段時間，人體便可能承受致命的傷害。

「如果想回市鎮去，路上會遇上盤查，而無法繼續前行。所以我們曾經把車停在那裡，往市鎮的方向眺望。放眼望去，全是平凡無奇的山路。用肉眼當然看不出是否實際有放射性物質存在。」

回憶中，孩提時代曾去過的地方，如今完全被封鎖。應該再也不會踏足那個地方了。再也無法接觸母親的娘家，以及她生長的土地。

「輻射就像妖怪一樣。」

「妖怪？」

「有人因為在意輻射而逃往遠方，也有人毫不在意。它對人體的傷害至今仍模糊不明，有人說有影響，有人說沒影響。儘管如此，眾人心中還是隱隱感到不安，但另一方面卻又逞強，不去想這件事。這讓我想起〈妖怪這玩意不存在〉這首歌的歌詞。」

她如此說道，念出一部分歌詞。

妖怪這玩意　根本不存在
妖怪這玩意　全是騙人的
是人們睡昏頭
一時眼花錯看
但就算是我　但就算是我
也還是有那麼一點怕

妖怪這玩意　根本不存在
妖怪這玩意　全是騙人的

因為受地震和海嘯的影響而造成爐心熔毀的福島核電廠，向外釋放大量的輻射物質。那用肉眼看不出對人體究竟會造成何種影響，始終無法有清楚的定案。我們就在這樣的情況下過活。懷抱著模糊不明、難以捉摸的不安，呼吸著這樣的空氣，然後告訴自己「應該不會有事才對」。

「一切的界線都是如此模糊。人們只能依照自己對現實的認知，用自己的方式去定義自己相信的事物。」

竹宮亞希接著道。

「朋友和戀人的界線最好也同樣保持模糊不明。」

我心想，不能再繼續逃避了，於是我下定決心，向她坦白說出無線電對講機的事。幻聽的事、小光的聲音，以及我不想忘掉死者們的事，全部一五一十告訴了她。她很耐心地聽到最後，一點都沒笑我。

四

應該是死者棲宿在我心中。以震災前那熟悉的聲音，不斷說著「ㄋㄟㄋㄟ、雞雞」的死者。藉由酒精的幫忙，我才能和死者溝通。當然了，這位死者是我內心自行創造出的虛構人物，他早已不存在這世上。但這樣的定義有什麼含意？所有分界都已模糊不明。

竹宮亞希搬來我的公寓和我同住後，對我的飲酒量大為咋舌。

「請你要減量！你不想活了是嗎？」

她尊重我與死者間的相處時間，將它納入我們的生活圈中。我一週內會有幾次，在決定好的日子裡喝得醉醺醺，用無線電對講機和小光說話。在沒和小光對話的日子，我一概不碰酒，努力減少飲酒量。

我不想讓她看到我用無線電對講機和幻聽對話時的模樣。一個大男人喝醉酒對著玩具說話的姿態，肯定滑稽至極。我有這樣的自覺。我拜託竹宮亞希在這段時間裡暫時離開公寓。請她參加朋友的喝酒聚會，或是在平價餐廳裡看書打發時間。我總是在和死者對話的過程中沉沉入睡。醒來時已是天亮，但我身上總會蓋著一條毛毯。

經過兩年的同居後，我決定與她共結連理。我們向市公所提出結婚申請，竹宮便成了她的舊姓。雖然沒辦婚禮，但我收到親戚和公司同事們的祝福。大家望著我，臉上流露出鬆了一口氣的神情。當時我與小光對話的次數，已減為一個禮拜一次。取而代之的，是與眼前的亞希對話的時間愈來愈多。我與她共有的經歷不斷累積，不知不覺間，已超過我與小光一同度過的時光。

「我有話跟你說。爸爸已經結婚了，對象是你不認識的人。」

我在酒醉狀態下對著無線電對講機說話。那天，亞希為了讓我一個人獨處，跑到電影院看午夜場電影。幻聽的白雜訊變得斷斷續續，傳來平時常聽見的聲音。

沙……爸爸……ㄋㄟㄋㄟ！……

不管經過了幾年，小光的言行還是一樣沒半點成長。與他同年的孩子，都已經開始背書包上學了。

「聽得懂嗎？爸爸跟媽媽以外的其他人結婚了。但你聽我說。爸爸永遠都不會忘了你們，每天都會想起你們。這樣你可以原諒我嗎？」

好啊……下次再一起玩……

「好。像以前一樣玩捉迷藏。」

好！……屁屁臭臭！……啊！……沙……

我拿著對講機在室內走動。因為酒精發揮作用，屋內的牆壁看起來一會兒膨脹，一會縮小。我躲在壁櫥裡，關上拉門。在黑漆漆的狀態下送出聲音。

「我藏好嘍。你猜爸爸在哪裡？」

咦……在哪裡？……沒看到？……沙……

在黑暗中，我豎耳細聽無線電對講機的聲音。在震災前，我們常玩這個遊戲。一邊對話，一邊說出提示，找出躲起來的一方。但那天，小光找了好久，一直都找不到我。因為是幻聽，所以這也是早知道的結果。

找不到爸爸！……沙……媽媽在叫我……

「媽媽？她說什麼？」

不乖……沙……媽媽說……去你那邊……不乖……

「不乖」是幼兒的用語，意思是「不行」。是由訓斥孩子時說的「不行」所演變而來，以溫柔的口吻向孩子提出忠告時使用。

沙……爸爸！……我想去那邊！……

黑暗中，我緊握著手中的對講機，但我只能拒絕他。

「……來這邊不乖哦。既然媽媽那樣說，那也沒辦法。小光，不可以讓媽媽傷腦筋。也不能哭哭哦。」

我知道……不能哭哭……

「再見，小光。」

掰掰……大奶媽……再見……

過了幾年後，福島的部分地區依舊封鎖。與核電廠有關的話語，成了挑選政治人物時的重要指標。東北的振興行動持續進行時，我的妻子懷孕了。

因為家中人口增加，在我們討論買房子的那段時期，公寓遇上火災。當時我們兩人一同前往婦產科，在返回公寓的途中，消防車從我和亞希身旁呼嘯而過。我們在心中暗想「不會吧」，不自主地加快腳步。

公寓前聚滿了人。空中黑煙瀰漫。消防車開始噴水，想將窗口竄出的火舌往內壓。起火點不是我們的房間。從受災情況中得知這點後，我們鬆了口氣。但這時火舌已朝整棟公寓延燒。住同一棟公寓的住戶，目瞪口呆地仰望眼前這場大火。當中有人穿著居家服就逃往屋外。

亞希走向前，想靠近公寓。一名消防員發現她的舉動，想將她推回原地。但在那之前，我搶先一把抓她的手臂。

「亞希！」

我朝她叫喚，她轉過頭來，臉色蒼白地說道：

「屋子裡……還留有那個無線電對講機……」

「沒辦法了。放棄吧。」

「可是……」

「沒關係。不用了。」

我緊抓著亞希的手不肯放。要是無線電對講機燒壞了，我將再也聽不到小光的聲音，但我應該更早與他道別才對。

「已經沒關係了。謝謝妳。」

下定決心後，淚水湧上眼眶。那天，如果我陪在妻兒身旁的話，能像現在一樣，緊緊抓住即將消失在波浪間的妻兒嗎？能大喊一聲「別走」，將他們留在這世上嗎？火光照亮了亞希的臉。我吸著鼻涕，決定抬起臉來，不讓她感到不安。我還活著。因為我是仍活在世上的人。火粉飄飛，冷卻後化為火灰。接著像白雪般，飄落我們頭上。

我的孩子誕生。這次是女娃。孩子出生後，有一段時間我們每天都不得安眠。每隔幾小時，她就因為肚餓而哭喊，還得幫她換尿布。睡眠不足的亞希餵她喝母奶，我也幫忙沖泡奶粉，以奶瓶餵奶。不過女孩成長飛快，轉眼已經會站、會走，接著便來到那個時期。

「爸爸！一起玩！ㄋㄟㄋㄟ！」

接下來該如何育兒，我也完全沒經驗。女兒已追過我記憶中小光的身高。很快地，她已不再說那些令大人為之皺眉的話語，突然變得文靜許多。女兒上國中時，我已完全成了一名大叔。妻子和女兒長相相似，兩人看起來宛如姊妹。

那是某個星期天發生的事。我們從幾年前開始養了一隻狗，我帶狗出外散步，返回家中時發現女兒打開壁櫥，從紙箱中取出老舊的相本細看。那是我在震災中喪命妻兒的照片。從火災現場中，還是拿回了一些具有回憶價值的物品。雖然並不是全都完好無缺，但大部分相本都沒被燒毀，實屬幸運。

我們一起看了一會兒後，女兒準備將相本放回紙箱內。

「啊，這是……」

女兒如此說道，拿起收在紙箱裡的無線電對講機。它因高溫變形，藍色的塑膠部位融化，連內部的電路板也都燒焦了。這是在公寓遭逢火災後，和相本一起發現帶回來的，但從那之後，我就沒再聽過小光的聲音。

「爸，這個壞掉了對吧？」

「看也知道啊。它損毀得很嚴重，發不出聲音了。」

女兒似乎覺得不可思議，從不同角度仔細端詳無線電對講機。她試著按下通話鈕，但塑膠先前因為過熱而扭曲變形，無法按下。

「不過我小時候總覺得它好像會發出聲音，就像壞掉的收音機一樣。是接收到奇怪的電波嗎？」

女兒將它收進紙箱裡，站起身，苦笑著說道：

「它還會說『大奶媽』呢。」

某印刷物的下落

——山白朝子

解說

這部短篇小說寫於二〇一四年，當時ＳＴＡＰ細胞[16]相關的一連串報導正蔚為話題。另一方面，３Ｄ列印機開始以便宜的價格販售也是在這時候。據說作者在寫這篇小說時，困難重重。原因是作者對於最後真相大白的印刷物描寫缺乏自信。

（初刊載於《讀樂》二〇一四年八月號）

二五三頁照片／朝日新聞社

1

距離我老家約二十分鐘車程的地方有家圖書館，那裡是我現在的工作地點。因為就位在海邊，只要打開窗戶便可聽見海鷗的叫聲。

我將歸還的書放在推車上，在書架間來回走動。只要將貼在書上的牌子湊向電腦前，便能查出書架的位置，連動線怎麼走也會一併顯示。利用地磁所製作的地圖，可藉此正確掌握建築內的目前所在地。

在故事書層架那一帶，一名男子向我叫喚：

「不好意思，我在找塔可夫斯基[17]相關的書。」

他是一名穿西裝的男子。長相似曾相識，但又有點陌生。

「是那位電影導演嗎？」

「是的。」

我一面替男子帶路，一面想起幾部塔可夫斯基的電影。以前我曾在別人的建議

16. 刺激觸發性多能性獲得細胞。
17. Андре́й Арсе́ньевич Тарко́вский，俄國導演。

下看過。那個人說，塔可夫斯基電影裡的登場人物就象徵著人類，而登場人物在談到父母時，其實是在暗指上帝。

男子拿起書本，朝封面看了一會兒，但旋即又放回書架上。

男子察覺到我的視線，轉頭望向我。

「您是小野寺小姐對吧？」

「是的。」

「太好了，終於查出您的下落了。」

看來，男子打從一開始，目的就是要和我搭話。

「我是柳原的朋友。您認識他對吧？」

從男子口中說出的這個名字，使我為之怯縮。他是為了那件印刷物的事而前來的。

柳原宗司。我與他只有短暫的交往。如果不是發生了那樣的事，我們應該能繼續交往下去。我逃也似地回到老家所在的這塊土地。為了忘掉我做過的事，以及我的所見所聞。

「他死了。」

「咦？」

「柳原他死了。我認為我有義務轉告您這件事。」

聽說是自殺。關於動機沒再多作說明，但之前的研究是主因。當我回過神來時，他正扶著我。我撥開他的手，靠向擺滿整排書的書架。合上眼，耳邊傳來一陣浪潮聲。

＊＊＊

我有一位大學學姐擔任某研究所的辦事員，她替我介紹了一份工作。關於工作內容，這位學姐自己也不清楚，我決定先接受面試再說。

那處研究所離我當時自己一個人住的公寓大樓搭公車約二十分鐘的車程。綿延的紅褐色磚牆，環繞那廣大的占地。正面大門站著警衛，我向他說明來意。他要求我出示證件，向辦公室確認後，終於放行讓我進入。

走在石磚路上，前方出現一座純白的建築。那摒除任何裝飾性的外觀，宛如一座藝術作品。這是研究所的主大樓。踏進屋內後，四周傳來像是消毒水的氣味。我在櫃臺處與學姐會合。

「妳說的工作，該不會是人體實驗吧？」

「應該不是，但我也無法斷言。」

「這裡從事怎樣的研究？」

「生技相關。像再生醫療之類的。」

「再生醫療？」

「妳有沒有看過背後長著人類耳朵的老鼠照片？就像那樣的研究。我只是一名辦事員，所以詳情也不是很清楚。」

研究所裡同時有多項計畫在進行，但大部分都是最高機密。

面試時間快到時，我被帶往另一個樓層。我與身穿白衣的研究人員錯身而過，被帶往一間像會議室的空蕩房間。

窗邊站著一名年近半百的男子。雖然一頭白髮，但眼神卻像猛禽般犀利。他同樣也身穿白衣。我的學姐返回辦公室，就只有我和男子獨處。我們先閒話家常，聊到天氣、家庭成員、飼養的狗，然後才談到工作。

「我希望妳做的，是焚燒處理實驗製造的廢棄物。之前負責焚燒處理的人員，因家庭因素而非得離開這個工作不可。」

要操作焚化爐嗎？機械我最不擅長了。我能勝任嗎？可能是感覺到我的不安，男子接著道：

「其實很簡單，只要記住步驟就行了。」

我腦中浮現幾個疑問。這是怎樣的實驗？如果操作真那麼簡單，研究人員自己操作焚化爐不就行了嗎？不過他開出的薪水令人眼睛為之一亮。我決定接下這項工作。

面試結束，我在辦公室向學姐報告結果。當我提到工作內容時，她做出意外的反應。

「咦，焚化爐是嗎？」

學姐臉上蒙上一層暗影。她環視四周，就像要避開辦公室裡其他同事的目光般，躲在辦公桌後方說道：

「早知道的話，就不叫妳來了。」

「為什麼？」

「因為它位在一處情況複雜的場所，就在這建築裡的最深處。那一帶曾經有幾個人自殺。」

「啊？」

「或許會有鬼魂出沒。焚化爐旁有一棟人稱研究棟的老建築，在那裡工作的研究人員老是有人上吊。從我到這裡工作後，就已經有三個人身亡了。不，或許更多。之前在焚化爐工作的人也突然逃也似地辭職不幹。」

「我聽說對方是因為家庭因素。」

「這可難說。現在還來得及拒絕嗎？我有種不祥的預感。」

學姐替我擔心。但我並不想拒絕，因為我正好缺錢。

當時我自己在外租屋。雖已大學畢業，卻沒回老家，一邊寫小說，一邊在外同時兼幾份打工工作。說自己在寫小說，聽起來好聽，但其實我參加新人獎的投稿，卻連第一關都沒通過。也就是說，我是個以當作家為目標的自由創作者。

由於收入不穩定，伙食費勢必得節省。我已接連好幾天都是待在屋裡自己煮麵條吃。如果有錢，就連工作時間也能用來寫故事。只要有錢，就能買想要的資料，還能出外旅行、蒐集題材。我已構思多年，想寫一部以歐洲為舞臺背景的歷史小說。我對此相當熱中，甚至可以說，只要能寫出這部小說，我便此生無憾。但我從未實際到過歐洲。要是我手上有這筆錢，我就能到我憧憬的地方去，盡情地蒐集題材。

打工的第一天，我在包包裡塞了個飯糰，便走出家門。我與一名推著娃娃車的年輕媽媽擦身而過，那寶寶一臉安詳地熟睡著。生寶寶不知道是什麼感覺。這件事和我無緣，或許應該說，是和我的身體無緣吧。

我在研究所前的公車站牌下車，向警衛說明來意。進入主大樓後，我與學姐寒暄了幾句。不久，一名陌生女子出現在我面前。雖然脂粉未施，但五官依舊明豔動人。

「妳是小野寺小姐對吧。我姓那須川，請多指教。我是來教導妳工作的步驟的。那我們這就走吧。」

「好。」

我連要去哪兒都不清楚，便隨口應好。為了讓人留下好印象，我刻意擠出笑臉。

那須川帶我來到外頭。研究所占地內的景觀，讓人聯想到大型醫院或理工科的大學。或許是大家都忙著做研究，大樓內沒什麼人的氣息。主大樓後方設有一扇門，外頭是鬱鬱蒼蒼的森林。模樣像煙囪的東西，從前方森林的上方冒出頂端。

「啊，原來如此。妳現在是要帶我去焚化爐對吧。」

那須川露出「怎麼現在才說這種話」的表情望向我。她只點了個頭，看門的警衛就讓我們通行。前方的石磚路變窄，兩側樹林的枝葉往道路中央延伸而來，形成一座綠色隧道。她帶著我一直往深處走去，我們就像《糖果屋》裡被繼母拋棄的漢賽爾與葛麗特。

不久，石磚路形成岔路。右邊的道路前方有一棟老舊的設施。外牆覆滿藤蔓，幾乎與周遭的森林同化，猶如一幅陰沉的圖畫。

「這是我們計畫團隊的實驗大樓。」

我心想，原來就是這棟大樓。據說有好幾名研究人員在這裡自殺。

「裡頭在做什麼實驗呢？」

「這我不能告訴妳。」

「我想也是。」

我們走左邊的道路抵達焚化爐。那是一座以大石塊堆疊成的建築，看起來既像遺跡，又像要塞。乍看之下，就像一個普通的方形盒子。

入口是自動開關式的鐵捲門。走進裡頭一看，內部是空蕩蕩的寬敞空間，四邊是平坦的牆壁。冬天肯定冷得教人直打哆嗦，好在現在是暖和的時節。到處都看不到煤灰，也沒嗆人的煙味。這裡不像焚化爐，反倒像教堂。雖然規模大不相同，但這處莊嚴的空間，讓人聯想到出自丹下健三[18]之手的「東京聖瑪利亞主教座堂」。

深處的牆壁有一扇又重又沉的鑄鐵製爐門。前方設有一座可動式臺座，那須川把手放在上頭。

「請將搬來的箱子放在這裡，然後操作面板。門開啟後，便將箱子推進爐內。」

操作面板就設在爐門旁，操作手冊擺在桌上。我一面向那須川學習操作方法，一面讓焚化爐運作。點燃火後，牆裡的機械發出陣陣呼號聲，傳來低聲震動。我找不到可以確認爐內狀況的檢視孔。熱氣大半都被爐門和牆壁所阻隔，只有爐門微微變得溫熱。

「只要焚燒箱子就行對吧？」

「沒錯。箱子裡裝的是實驗後的廢棄物。」

「會是什麼危險藥品嗎？」

「不是，這妳大可放心。因為就算焚燒也不會釋放有毒氣體。」

那須川注視著爐門。

不知為何，她的眼中帶有一絲怯色。

2

真是件奇怪的工作。與工作量相比，它的報酬出奇優渥。我的戶頭裡匯入高額的薪水，讓我都拿得有點不好意思了。

焚化爐的室內擺設無比單調，就只有木椅和小桌子。入口的鐵捲門敞開後，橫長形的開口切割出一塊飽含綠意的窗外風景。一天一次，箱子會從那裡送來這裡。

箱子是塑膠製的灰色長方體。它的設計讓人聯想到旅行用的旅行箱，大小剛好也差不多。雖說是塑膠製，卻相當牢固。蓋子以黏著劑之類的東西固定，讓人無法打開。他們吩咐我不必取出裡頭的東西，直接連同箱子一起焚燒。

我將箱子放上臺座，開始操作面板。鑄鐵製的爐門發出沉重的聲響，像在滑動般往上抬起，爐內的空間在我的面前敞開。並沒有想像中來得大。這樣的寬、高以及深度，足以放入一具棺材。下面是整排的火焰噴發孔，並設有讓煤灰掉落的溝槽。在點火前，爐內透著一股寒意。不過這也是理所當然的事。

我將箱子塞進爐內，之後機械會自行處理。在燒完前的這段時間，我可以看

18.日本知名的建築師。

書，也能坐在桌子前寫我的小說。熱氣被阻絕，煙也從煙囪排出，所以焚化爐前的莊嚴空間反而出奇地舒適。美中不足的是裡頭沒有廁所，所以我非得走石磚路到主大樓不可。我也曾在主大樓的餐廳吃午餐，但味道教人難以領教。米飯又溼又黏，味噌湯味道太淡。這間研究所應該不是做食物相關的研究吧。

向來都是十一點左右會送箱子來，接著到下午三點前為止，焚化爐會花四小時左右的時間徹底焚燒。等確認過上頭出現結束的顯示，我的工作就算完成了。爐內殘留的煤灰會自動進行清掃。很完美的一套自動系統。它似乎也能採用手動操作，為了謹慎起見，我事先研讀過操作手冊。

傍晚時分，我放下焚化爐的鐵捲門，將鑰匙歸還辦公室的學姐，往公車站牌走去。我一直覺得很納悶。如果只是這樣的工作內容，實在不必特地另外雇人，直接由某位研究員來負責不就行了嗎？

我一直不想靠近蓋在焚化爐旁的老舊研究大樓。裡頭進出的研究員個個神經緊繃，每次他們在研究大樓附近與我擦身而過時，都會露出驚訝的表情。箱子就是從他們的研究大樓運出。而柳原宗司也是在裡頭工作的一員。

柳原宗司向來都面無表情，眼窩凹陷，一臉倦容。年紀與我相當，搬運實驗廢棄物到焚化爐來的工作，一直都由他負責。每當他用推車載著箱子前來時，總會用不帶一絲霸氣的聲音說：

「麻煩您了。」

「是，接下來由我負責。」

「謝謝您。」

他清瘦的高眺身材，很適合穿白衣。靠近他還可以聞到一股藥味，與高中時代化學教室裡聞到的氣味一模一樣。他總會幫我將箱子搬上臺座。

某天，我趁焚燒結束前的這段等候時間到外頭散步時，在石磚路的岔路上看到一身白衣的柳原宗司。他仰望焚化爐的煙囪。輕煙從煙囪升起，飄散在藍天中。我走近他，想和他打聲招呼，這時，我發現他的白衣有紅色髒汙。衣服上沾有點點汙漬。

「那是血嗎？」

柳原轉過頭來，表情顯得很緊繃。那是被人怪罪時流露的神情。我覺得好奇，但還是又重複問了一遍。

「你是不是哪裡受傷？」

「小野寺小姐，這不是我的血。」

「不然是什麼？」

「剛才我一直在做實驗。是那時候沾上的。」

柳原宗司轉頭望向研究大樓。植物都沒修剪，任憑雜草叢生。石板地也處處破裂。不過保全方面倒是很捨得花錢。每扇窗戶都設有監視器，正面玄關則是設置了虹膜辨識系統。

「你們用動物做實驗嗎？」

我心想，白衣上頭的血可能是實驗動物所流的血吧。

「如果是這樣，妳會瞧不起我們嗎？」

「那得看實驗內容而定。」

「我們並沒有傷害動物。」

「哦，這樣我就放心了。」

「研究大樓裡就只有人類。」

「你們從事何種研究？」

他猶豫了一會兒，接著環視四周，確認沒人後才說道：

「是３Ｄ列印機。」

「咦？」

「我們在做３Ｄ列印機的實驗。」

真令人意外的回答。我並非不知道３Ｄ列印機的存在。那是可依照電腦繪製的電腦圖案，來做出立體物品的道具。之前電視上所介紹的，是一面用熱融解樹脂，一面層層堆疊，以此做出立體物品。我從學姐那裡得知，這座研究所從事生技相關研究，但這樣的印象與3D列印機實在連結不起來。

「我們開發特殊的3D列印機。」

「原來如此。」

對話就此結束，我們回到各自的工作崗位，而最後，我還是不清楚他身上的白衣所沾附的鮮血來自何處。難道是在操作3D列印機時，有人夾到手而流血？

回家後，我上網搜尋3D列印機，得知3D列印機似乎在各種領域都有使用。企業在設計新產品時，會以3D列印機輸出試用品，然後針對外形做檢討。在醫療領域上，聽說也會輸出客製化的人工骨骼，移植在患者身上。非但如此，連人工血管和肝臟也都能列印輸出。確實與生技頗有關聯。

成本低廉，卻能以數萬圓的價格賣出。不過便宜的東西，印刷失敗的機率相當高。它原本是從線狀的樹脂前端慢慢融化，然後逐漸堆積成電腦繪圖的物件形狀，但這項工程有時會失敗。如果樹脂沒融化，而直接以線狀的姿態輸出，那完成的就會是悲慘的作品了。網路上刊登了許多失敗案例的照片。在人形物件的輸出失敗案例中，有個是脖子以上的部位失敗，變成線狀物的層層堆疊。宛如一種詭異的藝術品。

柳原宗司身上帶有藥味。坐在他身旁，氣味總會飄散而來。我們每天見面，自然逐漸變得親近。我們會等彼此一起回家，共進晚餐，然後回各自的住處。他雖然沒什麼表情變化，但跟他在一起，總能覺得心情平靜。我和他聊彼此看過的書，談塔可夫斯基的電影。就算告訴他我在寫小說的事，他也沒嘲笑我的夢想。最後，終於在一次喝酒的場合裡，他問我「妳有男朋友嗎」。

「現在沒有。幾年前分手了。」

「為什麼？」

「因為彼此變得生疏，對方就這麼離開我了。他知道我的身體無法受孕。」

我二十歲那年，因身染重病而摘除子宮。原本子宮所在的位置，成了一處空洞。我告訴對方這件事後，原本交往順利的情侶關係也就此結束。雖然我們是考慮要結婚才交往，但他的父母極力反對。

生命在我的肚子裡孕育，有他自己的動作，完全不受我的意志左右，最後通過狹窄的通道，來到這個世界。將一個完整的人類送到這世上是什麼樣的感覺，我一輩子都無法體驗。看到推著娃娃車的年輕媽媽，我會提醒自己不要嫉妒人家。聽聞表姊妹生產，或是同學生第二胎的消息，我都得極力保持內心平靜。儘管如此，每當電視上播出有母親虐待孩子的新聞時，我便覺得很不甘心，壓抑不住激動的情緒。很想詛咒上天的不公平。

我說的這些事，柳原聽了會有什麼反應呢？總之，我把一切全告訴了他。這麼一來，我們之間就會有距離了，如果是這樣，那也無所謂。然而，他卻只是語氣平淡地說道：

「無法懷孕和寫小說有什麼關係嗎？」

「咦？」

「妳或許是想藉由小說來留下妳的基因呢。」

「或許吧。不過，你就只想說這些嗎？我沒辦法生孩子呢。」

「妳很快就能生了。」

「怎麼生？」

「現在醫學進步。」

儘管聽聞我子宮被摘除的事，他依舊處之泰然，這讓我覺得很開心。對有孩子的女人所存有的負面情感，有時會突然向我襲來，但我覺得，只要和他在一起，我就不會受到這種情感的侵襲。

我開始和柳原宗司交往。等他一起回家，回到同樣的住處。我煮麵給他吃。熱騰騰的番茄義大利麵。

「最近我的印表機卡紙，一動也不動。」

某天，我用來列印小說的雷射印表機故障。我馬上請柳原幫忙，他查看了一會兒後，搖了搖頭。

「不行，我不會修。」

他對3D列印機知之甚詳，但對一般的印表機卻是門外漢。

「儘管現在已是電子書時代，但小說的構思推敲，還是得用紙張是吧。」

我頷首道：

「這樣才會真的進入腦中。只有文字檔的小說，你不覺得就像沒有肉體的人嗎？那樣只是作者靈魂的基因資訊。紙本是不可或缺的，和人類需要肉體是一樣的道理。只不過，會面對庫存管理或是書店裡的書架有限這類的問題。」

「那麼，要是書也能用3D列印機製作就好了。」

他的提案如下。先在自己家裡備好印書用的3D列印機和書的材料，然後下載和想看的書有關的資料。不是像電子書那種只有文字的資料，而是像裝幀、觸感這類構成單行本的所有資訊全部整合在內的資料，再以3D列印機加以輸出。用紙漿粒子或類似的材料層層重疊，在自己的家裡製作出排版印刷的紙本。如果是這種做法，連傳統印刷廠所無法辦到的複雜裝幀也有可能辦到。如此一來，手上就會有一本帶有重量的書本，與電子書截然不同。

「這有可能辦到嗎？」

「人類想像得到的事，全都會實現。」

柳原宗司正是所謂的3D列印機狂。把所有產品都和3D列印機聯想在一起，想像未來的遠景。和他聊天時，他會不斷提到「印刷」這兩個字，顛覆舊有概念。那時候我過得很幸福，但我們的交往並未持續太久。

三個月後的某一天。一早便下起綿綿細雨。上午十點半，我打開鐵捲門，準備為焚化爐開爐。我邊看書邊聆聽雨聲，這時柳原撐著傘走來。一如平時，推著裝有箱子的推車。

「早安。」

「嗯。」

如果是平時，他會幫我把箱子放上臺座。但這天，他的手機突然響起，他得趕忙返回研究大樓才行。我獨自抱起那個箱子。我仍舊不知道裡頭裝的是什麼，但似乎裝滿了黏稠的液體，或是類似的東西。因為重量緩緩偏向傾斜的一方。

我用力抱起它，想放上臺座。但可能是箱子表面因雨溼滑的緣故，我的手指滑了一下。那長方體的容器就此掉落地面，發出碰的一聲。我心裡暗呼不妙，檢查有無破損。似乎沒事。我暗自鬆了口氣，但這時傳來奇怪的聲音，像是某個溼漉漉的物體扭動身軀的聲音。

我轉頭望向敞開的鐵捲門。豆大的雨滴朝森林傾注。我一時以為是外頭傳來的聲音，但並非如此。聲音是從我身旁的箱子裡傳出。我又聽到某個溼黏的物體挪動的聲音。

我往後退。箱裡有東西在動。我心生慌亂。我從沒想過裡頭裝著生物的可能性。要冷靜下來。就算箱子裡頭裝的是某種生物，那又怎樣。從那溼黏的聲音來看，應該是章魚或烏賊之類的生物。我聽到的聲音讓我聯想到軟體動物。我略微鬆了口氣。要焚燒處理的如果是章魚或烏賊，那麼，我就不至於承受過重的良心譴責。章魚和烏賊都很可口，我最喜歡吃燒烤了。

話說回來，剛才的聲音真的是生物所發出嗎？是因為帶有黏性的物體在箱子裡靠向某一邊，因重力而往下滑行時所發出的聲音嗎？為了加以確認，我蹲向箱子旁，耳朵湊向箱子表面。當時要是沒聽到任何聲音的話，我之後應該就能保持平靜的精神狀態生活下去。

雨勢逐漸轉強，從灰雲的彼方發出宛如地鳴般的巨響。打雷了，似乎還起風。箱子表面溼透，滴下的水滴在焚化爐冰冷的地板上留下汙漬，擴散開來。

從箱子內傳來微弱、輕細的呼吸聲。

噗……噗……

那是嬰兒的聲音。浮現我腦中的，是剛從母親腹中產下，全身還沾滿羊水的嬰兒。我這才發現，我所焚燒的，似乎是裝在箱子裡的嬰兒。

3

柳原宗司到底是有多喜歡我呢？他一身白衣，站在蓊鬱森林裡的模樣，令我印象深刻。他常在假日時素描，畫自己孩提時作的夢。經他這麼一提我才發現，他長得有點像畫家梵谷。很像用剃刀割下自己的耳朵送給妓女的那位畫家的自畫像。

「日後我們一起去德國旅行吧。」

某天他如此說道。

「嗯，好啊。到歐洲蒐集題材是我的夢想。不過，為什麼是去德國？」

「德國的美術館對外展示梵谷的耳朵。」

「耳朵？不是真的耳朵吧？」

「就某個意涵來說，算是真的耳朵。梵谷的親人似乎提供了生物細胞。細胞經培養後，以3D列印機印出耳朵的形狀。」

梵谷的耳朵浸泡在玻璃盒培養液裡對外展示。前面還放著一個麥克風，到館內參觀者可直接對梵谷的耳朵說話。聲音會經由電腦即時轉換成神經刺激，傳向培養液裡的耳朵。

我覺得有點可怕，但又帶點浪漫。孤獨的畫家在發瘋後割下的耳朵，是悲傷的象徵。加以復原後，透過對耳朵說話，他的孤獨或許將就此得到療癒。

死亡的孤獨。

靈魂的孤獨。

他有多深入去思考這件事呢？

或者是根本不去想。

現在我已無從得知。

我一再打電話給柳原宗司。焚化爐的冰冷牆面。敞開的鐵捲門。淋溼的樹木構成的陰鬱顏色。過了好一會兒才聯絡上他。他撐著傘走來，視線投向擱在地上的箱子，朝坐在地上的我走近。我站起身，頻頻往後退，他露出詫異的表情。

「告訴我，箱子裡裝的是什麼？我之前焚燒的到底是什麼東西？」

「發生什麼事了？」

「我聽到箱子裡傳出聲音。像是嬰兒的聲音。」

「聲音？」

他朝箱子蹲下身，耳朵湊近。但他搖了搖頭。

「我沒聽到。」

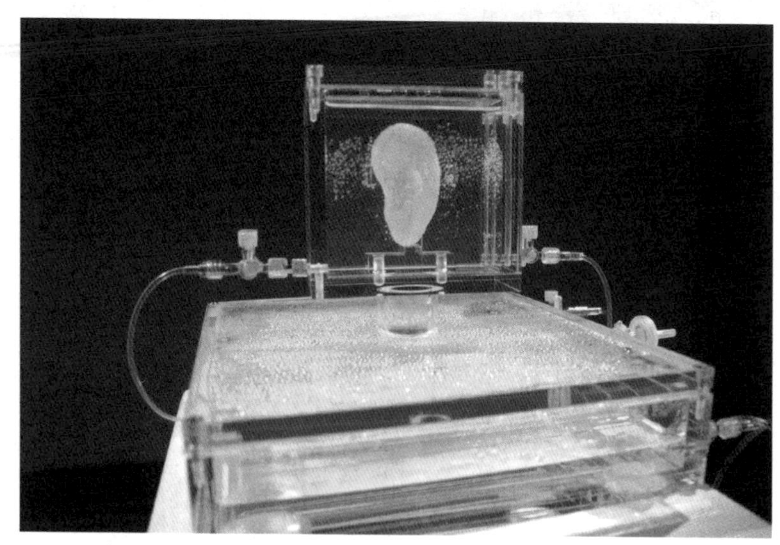

【sugababe】

以美國為活動據點的德國女藝術家史崔比（Diemut Strebe）**，接受梵谷的弟弟西奧多魯斯**（Theodorus Van Gogh，1857～91**年**）**的玄孫呂維·梵谷**（Lieuwe Van Gogh）**所提供的梵谷唾液和軟骨樣本，運用3D列印機，花了三年的時間完成。**

「剛才我聽到了。大概是窒息後，已經……」

箱子上找不到氣孔。該不會是經過太久，死在裡面了吧？我在無意識下摩挲下腹，以前我子宮所在的位置。柳原以憐憫的眼神望著我。

「妳只是太累了。妳今天可以回家好好休息一下。待會兒我買甜點去看妳。」

他一面說，一面抱起箱子放上臺座。他操作面板，爐門往上滑動。我太累了，或許吧。他將箱子推進爐內，發出一陣地鳴般的聲響後，門就此關上。隨著一陣低聲震動，焚化爐開始焚燒。

我在柳原的攙扶下回到主大樓。我與他在大廳道別。我獨自走進辦公室，與學姐打聲招呼。我請她同意我早退。學姐露出擔憂之色。

「妳怎麼了？發生什麼事了嗎？」

我搖了搖頭，回以一笑，以此表示我沒事。但我不清楚她會不會相信。

我一度來到戶外。在主大樓的玄關前打開傘，仰望雨雲。嬰兒的聲音始終在耳畔縈繞。焚化爐所在的那座蓊鬱森林，一直在腦中揮之不去。就像《糖果屋》裡的森林一樣。我這樣不就像在不知情的情況下，被帶往拋棄孩子的場所嗎？雨滴打向地面，宛如嚴厲地在斥責地面的一切。

我想起之前學姐說過的話。有幾名在那棟研究大樓工作的人自殺，在焚化爐工作的人突然請辭。我收起傘，重新回去找學姐。我走進辦公室，向她行了一禮，悄聲說道：

「我想拜託妳一件事。可以查一下辭去我這份工作的那個人嗎？」

如果是透過辦公室的電腦，應該可以得到這項資訊。我知道這樣的提議可能會引來責備，但學姐卻點頭答應，在我的面前查了起來。也許當時我流露的神情，就像一隻全身溼透、搖尾乞憐的狗。

當天我便展開行動。從研究所走向車站，轉搭電車。柳原說，我是因為太累才會聽到那樣的聲音。如果我真能那麼想，而不抱持任何懷疑的話，應該就不會有這麼多麻煩事。車窗外的景色變得愈來愈緊密，電車正駛進都市深處。

我走出驗票口，撐起傘。天色已暗。霓虹燈在水窪上形成五顏六色的光線反射。穿過鬧街後，眼前是一整排老舊的大樓。我走進其中一棟，搭電梯來到我要去的樓層。

我一再確認從學姐那裡聽來的地址和房間號碼，按下門鈴。傳來應門聲，一名中年男子出現在玄關前。他身形消瘦，氣色不佳。我問他「您是Y先生對吧，可以和您談談嗎？您以前在某個研究所的焚化爐工作對吧」。

他的表情就此凍結。我迅速說明來意。一提到研究所這個名詞，他顯得很緊張，但當他明白我是之後負責焚化爐工作的人之後，態度馬上軟化。他應該是從中明白，負責焚化爐工作的人與他處在同樣的立場。

我們約好十分鐘後在外頭的咖啡廳碰頭。我馬上便找到他指定的那家咖啡廳。這家店的桌面黏答答，感覺不太衛生。在可以望見潮溼巷弄的座位上，我與Y迎面而坐。儘管送來了咖啡，我們卻都沒喝。

首先，他問我是否看過箱內的東西。我搖了搖頭，他露出很遺憾的表情。要說失望，我和他是一樣的。他也不知道箱裡裝的是什麼東西。據他所說，研究所方面聲稱他是因為家裡的情況才辭職，根本是一派胡言。他堅稱自己是因為看了不該看的東西才被革職。

Y在焚化爐負責燒毀箱子的工作，做了約半年之久。聽說也和我一樣，是透過熟人介紹才得到這份工作。每天將送來的箱子燒毀。雖然對裡頭裝的東西很好奇，但他沒有熟識的研究所人員可以詢問這件事，一直都默默執行這項工作。

在研究大樓裡進行的究竟是怎樣的實驗，令Y心中的好奇心日益膨脹。而就在某天，在石礡路的分岔處，他撿到研究員掉落的磁卡。那是進入研究大樓用的磁卡。現在已採用虹膜辨識系統，但當時似乎仍是磁卡認證系統。Y決定用他撿來的磁卡入侵研究大樓。

研究大樓整晚都在做實驗，但夜晚只會有一、兩人待在建築裡。Y關好焚化爐的鐵捲門後，藏身在樹林裡，等入夜後才朝研究大樓走去。讓系統讀取卡片後，正門的門鎖解除，他進入內部。

從窗戶數來看，他研判這是一棟三層樓建築，但內部的層板被拆除，中心是一個巨大的挑空空間。地上布滿無數的纜線，柱子間有好幾臺電腦排成一列。身穿白衣的研究員在挑空處中心來回走動。裡頭瀰漫著一股藥味。氣味刺鼻、甜中帶酸的各種藥味全混雜在一起。Y小心不被發現，在物品中間行進，往建築中央窺望。

那裡有個方形的玻璃水槽。足以供人在裡頭立泳的巨大水槽擺設在臺座上，接受著照明。金屬製的機械手臂圍繞在它四周，看起來好似護衛王座的衛兵。

傳來水滴聲。機械手臂前端伸進水槽內。滿溢而出的水，順著水槽流入地板的排水溝內。水微帶橘色，空氣透著溫熱。

嘩啦、嘩啦……

Y親眼目睹那漂浮在水槽裡的東西，接著他入侵的事被人發現。因為他發出一聲尖叫。他忍不住叫出聲。因為那漂浮在水中的東西實在太過駭人。

在咖啡廳裡與我迎面而坐的Y，臉部表情緊繃。他說，那駭人的東西在水槽裡痛苦的扭動著身軀。那是有生命的，大小與嬰兒相當。

被研究員發現後，Y被帶到外頭，注射鎮靜劑。待他回過神來，人已躺在醫院病床上。醫生診斷，他因為工作壓力，以及趁工作間的空檔偷喝酒，才會讓他產生幻覺。因為他都利用焚燒結束前的這段等候時間喝酒。Y被迫辭去工作，但戶頭裡匯入一筆高額的報酬。目前他還沒跟任何人提過這件事。因為他認為，這件事還是別向任何人提比較好。

咖啡廳裡的消費由我買單。與Y道別後，我不知如何是好。雨仍未止歇。我朝車站走去，這時才猛然想起，我忘了跟他說我聽見箱子裡有聲音傳出。Y在研究大樓裡目睹那漂浮在水槽裡的東西到底是什麼？或者是，他看到的是如假包換的幻覺，而我聽到的聲音也是幻聽？難道說，那座焚化爐裡瀰漫著會讓人作惡夢的成分，長時間待在那裡，會讓人分不清夢境與現實？所以才不讓研究員在焚化爐裡工作，而特地從外面雇用不相干的人？這些念頭一直在我腦中縈繞。

我坐進電車，前往我住處所在的地區時，柳原宗司傳來一封郵件。信中詢問我人在哪裡。他似乎以為我會在家中休養。雖然我給了他一把備份鑰匙，但當他買好甜點到我的住處找我時，發現我不在家，似乎相當驚訝。

窗外暗夜濃重。隔著被雨淋溼的玻璃窗，住家的燈光不時從眼前掠過。我立刻回信。信中提到我這就回去，以及我和之前在焚化爐工作的男子Y見面的事。對我來說，這就像是表明我的決心。我正在對箱子裡的東西展開調查，不會糊裡糊塗地敷衍帶過，這是我信中所透露的含意。就算我們之間的關係會因此而出現裂痕，我也絕不退讓。

「我們談談吧。」

他只傳來這行字。

4

抵達離我住處最近的車站時，已是深夜。雨終於停了。因為是一座小站，車站前只看得到陰暗的巷弄、隨便亂停的腳踏車，以及自動販賣機。不，還看到一個人。一張熟悉的臉孔正望著我。

「小野寺。」

柳原宗司站在我面前，單手拎著一家西式點心店的紙袋。他一直在那裡等嗎？還是說，他在某個地方打發時間，等到我即將抵達時才到這裡來？

「可以告訴我箱子裡的東西是什麼嗎？」

「既然事已至此，也不能再隱瞞了。」

車站旁有條河流。隔著生鏽的鐵絲網，可以俯視水面。路燈的亮光隨波搖曳。雨剛停，一陣風吹來，帶有一股魚腥味。柳原宗司道：

「那棟研究大樓在進行3D列印機的實驗。是使用多功能幹細胞的3D列印機。」

「多功能幹細胞？」

「也就是萬能細胞。我們在那裡印製人類。」

在那覆滿藤蔓的老舊研究大樓裡，有一座羊水游泳池。就是Y所說的水槽嗎？游泳池周圍有多個金屬手臂，會射出多功能幹細胞和人工骨骼材料的長針插入羊水中。他們從很早以前就嘗試利用3D列印機來製作特定的內臟。柳原所屬的研究團隊讓這項實驗往前又邁進一步。他們的目的是要在羊水中形成一個連結著所有內臟的肉體。也就是生物印刷。

3D列印機追蹤多功能幹細胞裡所配置的標識基因，像在縫衣服般，於羊水內層層堆疊細胞。裡頭設有程式，能讓多功能幹細胞重新在特定的刺激下高速分化成目標細胞，完整的生物只要一晚就能在羊水的游泳池內印刷完成。

「為了加速實驗的循環流程，我們都盡可能將要印刷的肉體設定成小尺寸，也就是小嬰兒。不過那並非真正的人類。只是在電腦內重現與人體一模一樣的物體，再加以輸出。列印出的心臟會實際運作，骨髓會製造血液，與神經有電流信號的互通。我們的實驗就是要在這些臟器都能運作的狀態下，輸出與臟器相連的人體。但目前進行得還不順利。大部分情況下，都是在羊水裡解體。就算能順利地連結在一起，也還是有些地方不太對勁。」

從理應是眼睛的位置，長出好幾根手指，或是頭長在肋骨內，這些都得當作印刷失敗品銷毀。他們在實驗結束後，會從羊水游泳池裡撈起這些沒能成為生物的作品，將它們湊齊後裝進箱子裡。之前柳原宗司的白衣曾經沾血，應該就是輸出失敗的人體所飛濺出的鮮血。

「在昨晚的實驗中，順利輸出了心肺。我們今天早上一直等到它死後才裝進箱子裡，但它應該是處在假死狀態吧。肯定是在箱子裡又活了過來。妳聽到的就是那個聲音。」

我想起從箱子裡傳來的微弱呼吸聲。

他說那是在實驗中輸出的嬰兒。

焚化爐的工作之前都是由研究團隊的人負責處理，但後來有愈來愈多人因此發瘋。一旦知道箱子裡的東西是什麼，就會有不良的影響。所以為了減輕團隊人員的心理負擔，才會雇用不知情的外人，交由他們來銷毀。

我走近柳原宗司，打了他一巴掌。身材高大的柳原像木頭人般，一臉茫然地俯視著我。西式點心的紙袋仍拎在手中。在漆黑的暗夜底下，只聽見河流的潺潺水聲。

我問他，印製出的嬰兒有沒有生命。

「大半都是在印製的途中就死了，順利印製成功時，能活一段時間。」

他們有靈魂嗎？

「那得看怎麼定義了。目前還沒人有辦法定義。」

不過，他認為漂浮在羊水游泳池裡的，是多功能幹細胞和人工骨骼的組合，僅只如此。如果不這樣告訴自己，夜晚入睡時，或是醒來刷牙時，一定會對自己所做的事感到罪孽深重，而無法承受。

「只要繼續做這項研究，妳也能當母親。因為可以輸出擁有妳ＤＮＡ的嬰兒。如果妳堅持要自己懷孕生產的話，那就以３Ｄ列印機輸出子宮，移植到體內就行了。這項實驗也有這個層面的考量。印製出一具妳肉體的複製品，然後取出子宮，移植到妳身上。因為是妳自己的內臟，所以不會有排斥反應。不，甚至不需要動移植手術，應該也能直接在體內印製出特定的內臟。」

我一再毆打他。撞向他胸口，他手中的西洋點心紙袋飛出。我因為感到不甘心而緊咬嘴唇。我想要孩子。我能理解那些想要孩子卻又無能為力的人心中的感受，所以我成了他們這些罪行的共犯。

朝爐裡點火後，感受到熱氣。隔著沉重的爐門，感覺得到爐內灼熱的烈焰，以及將一切全燒成黑炭的熱能，令我汗如雨下。真是奇怪。爐內的熱明明已經被阻隔了啊。

這是罪孽深重的可怕行為。但接下來的一個星期，我仍繼續銷毀實驗的廢棄物。對於箱子裡的東西，我決定不去細想。這次真的像是產生了幻聽。朝爐裡點火時，聽見箱裡傳來聲音，那是像嬰兒般輕細的聲音。該不會在箱子裡活了過來吧？不會就這樣活生生被燒死吧？之前負責銷毀的研究團隊成員之所以會發瘋，可能也是因為聽到這個聲音。

現在看到煙囪冒出的白煙，我開始有了不同的感受。升向藍天的輕煙，就像踏上歸路的靈魂般。之前柳原宗司曾仰望煙囪的輕煙，一臉茫然。他是否也有同樣的想法呢？我努力用自己的想法去理解柳原宗司，但我沒辦法。

我決定辭去這項工作。我主動向研究所聯絡，說出我的辭意，他們馬上同意我的請辭。

上班的最後一天，我捧著行李坐上巴士。天空浮雲密布，徐風吹得樹林的枝葉搖曳。我穿過研究所正門，前往主大樓的辦公室。向學姐打聲招呼，答謝她介紹我這份工作。

我走過石磚路，穿過大門，走進森林深處。石磚路寬度狹窄，樹木覆蓋了天空，就像產業道路一樣，給人一種侷促感。石磚路前方是岔路，我往焚化爐的方向走去。

在宛如教堂般的莊嚴空間裡，我做好焚化爐的準備工作。一邊等候他送箱子來，一邊收拾私人物品。我之前在桌子的抽屜裡放了幾本文庫本和文具。接替這項工作的人選已經決定了嗎？因為我是突然決定請辭，可能還沒找到人吧。肯定會暫時由研究團隊裡的某人負責銷毀。

傳來推車的輪子轉動聲。柳原宗司已來到敞開的鐵捲門前。這名身材高眺的白衣青年，一樣是那副面容，像極了割下自己耳朵的知名畫家。

「小野寺，這個麻煩妳了。」

「嗯，我知道了。」

他將推車推到焚化爐前，將箱子搬上臺座。箱子交付完畢。我們凝望著彼此。

他開口道：

「妳回去時，會跟我說一聲嗎？」

「不知道。也許會直接回去。」

「那麼，這可能是最後一次見面對吧？」

「說得也是。」

柳原宗司眼窩凹陷，面容憔悴。

「怎麼啦？熬夜實驗嗎？」

「嗯，發生了一些事。那須川小姐上吊了。」

「那須川小姐？」

是我第一次從事這項工作時，帶我來焚化爐的那位女性研究員。

「這樣啊，真教人難過。」

「真的很遺憾。」

那就是我和他的最後一次對話。

柳原宗司推著推車，走回研究大樓的方向。他的背影消失在蓊鬱樹林的另一頭。我開始進行作業。如果是平時，我會操作面板，打開爐門，但最後上班的這天不同。我先將箱子拿下臺座，接著取出藏在包包裡的工具。是一把摺疊式的鋸子，還有鐵鎚和鑿子。我用這些工具著手進行開箱作業。

這塑膠製的箱子，蓋子似乎用黏著劑固定過。我用鑿子的尖端插入箱子與蓋子的接合處縫隙，然後用鐵鎚敲打。我心裡想，至少最後一個人不是用焚燒的方式銷毀，而是由我帶回去，我要親手為它造個墳墓。不是在這裡，而是帶出研究所，為它的死弔唁，為它致哀。

拆除蓋子的作業比想像中來得困難。就算我用了鑿子，還是無法將蓋子和箱子間的縫隙撐開。硬化的黏著劑完全無法削去分毫。就算我想用鋸子鋸開，鋸刃也切不進去。我漸感疲憊，汗水直冒。因為我幾乎沒用過這些工具，所以鋸子的鋸刃打滑，割傷我的手指。滴落的鮮血在箱子上留下血漬。我伸手摩挲肚子。那不曾懷胎過的肚子。

我需要能破壞這個箱子的道具。有沒有其他可用的道具？我環視四周。有了。接下來我做的事，可說是一項賭注。

我操作面板，打開爐門後，將箱子送往爐內。我沒關門，直接進行點火操作。我朝即將自動關上的爐門底下塞進一把椅子。雖然木椅被鑄鐵製的爐門壓得都快垮了，但還是撐住了爐門。液晶螢幕上出現錯誤的顯示，無法點火，於是我切換成手動操作模式。我的計畫就是利用爐子來破壞這個箱子。

在爐門開啟的狀態下，低聲震動包覆整個焚化爐，火焰在爐內噴發。熱氣和火光滿溢而出，朝站在焚化爐前的我直逼而來。我頓時大汗淋漓。我抬起手，從指縫間瞇著眼睛確認箱子焚燒的情況。塑膠製的箱子外側受熱而熔解，開始燒焦。室內飄散著刺鼻的臭味。在箱子完全熔解前，我讓焚化爐停止運作。

儘管熄了火，爐內依舊高溫。我沒空等它冷卻。要是有人來焚化爐這裡，目睹我現在的作為，我一定會馬上被迫停止。爐子前面有個暫時用來放箱子的金屬製臺座。我先將它推向一旁，上半身探進爐內。我的下腹部抵著外緣，以此撐住我的身體。我小心不去碰觸爐子的內壁。異樣的熱刺向我的肌膚。那是只要伸手就能構著箱子外緣的距離。整個箱子散發著白煙以及樹脂燃燒的氣味。

我一時重心不穩，手撐向爐內，手掌因此燙傷。我忍住不發出尖叫，強忍痛楚。儘管身受燙傷，還是一把抓住箱子外緣，將它拉出。因力道過猛，往後跌了一跤。箱子也一起從爐子口掉出，垂直落地。

在撞向地面的瞬間，箱子破裂。就像砸爛的水果般，裡頭的液體灑落一地。紅黃兩色夾雜的一攤水擴散開來。藥品的氣味撲鼻，同時瀰漫著一股像鮮血、汗水、尿液混雜成的臭味。肉塊陸續流出。我頓時全明白了。這就是他說的嬰兒。內臟被掏出，看起來像腸、肝、肺的東西相互融在一起。骨頭扭曲變形，活像荊棘。臉部歪斜，看不出眼睛和鼻子在哪裡。裸露在外的腦部，長著手指、牙齦、舌頭。手臂和腳在半途分解成線狀脫落。但看在我眼裡，還是覺得這孩子很可愛。

我將它收攏放進包包裡。這是有防水處理的包包，液體應該不會滴落。整理好後，我離開研究所。我沒回我住的公寓大樓，而是直接回我老家所在的市鎮。

＊＊＊

「那個研究已經中止，團隊也解散了。人稱研究大樓的那棟建築和焚化爐，似乎也都已拆除。」

在聽得見浪潮聲的圖書館大廳裡，我們站著交談。圖書館旁有一棵柑橘類的樹木，打開窗戶便傳來果香。

「您還在寫小說嗎？」

男子問。

「為什麼這樣問？」

「我從柳原那裡聽說了您的事。」

「我有一陣子沒寫了。現在我在這裡擺書上架，覺得很快樂。不過，日後我會再寫。」

男子向我行了一禮，轉過身去。他準備離開圖書館，我朝他喚道：

「你為什麼刻意到這裡來？」

「柳原很關心您。看您一切安好，這就夠了。」

「他真的死了嗎？」

該不會是……我心裡浮現這個念頭。之前因為那項研究而自殺的人，該不會其實是到其他地方生活吧？難道研究仍繼續進行？男子之所以前來找我，目的其實是要確認研究相關的資訊沒洩漏給周遭的人知道吧？但男子不發一語地走出圖書館。他乘坐的車子遠去，只剩我一人留在圖書館大廳。

我決定返回工作崗位。推著堆滿書的推車，走在書架間。

我告訴母親今後決定在家中住下後，她欣喜無比。雖然她跟我談到幾件相親的事，但我很猶豫該不該同意。我站在敞開的窗戶前，望向大海。這裡是這座市鎮視野最佳的場所。那裡有一座墳墓。

我埋下種子，以此代替墓碑。那位割下自己耳朵的畫家鍾愛的花朵，同時也是他用來當畫作主題的向日葵，應該會綻放吧。我流下眼淚。海鷗飛翔於天際。

伊娃・瑪莉・克羅斯、

——越前魔太郎

解說

越前魔太郎是《魔界偵探 冥王星Ｏ》系列的作者，也是曾在舞城王太郎原作的電影《青春恐怖箱》（NECK）中登場的重要人物，所以應該有不少人認識。而在《冥王星Ｏ》系列中出現過的「人體樂器」，也再次於這部短篇小說中登場。雖然不確定兩者是否擁有同樣的世界觀，但或許能當作姊妹篇細細品味。附帶一提，「人體樂器」的點子，是來自克里夫・巴克[19]的短篇小說。裡頭似乎有惡魔將人剖開做成樂器的描寫，在此做為參考題材。

（全新發表）

I

與伊娃・瑪莉・克羅斯邂逅，可回溯到五年前，我們在景色單調的郊外相遇。

那天，我開車送貨，突然引擎蓋黑煙直冒，於是我把車停在路肩，檢查引擎。原因不明。我環視四周，不知該如何是好。在這種偏僻的地區，就算想向人求助，也非得走上數公里遠才會有民宅。這時，恰巧有一輛轎車路過，在我旁邊停下。駕駛是一位年紀像大學生的女孩。

「你好，遇上了什麼麻煩嗎？」

女子打開駕駛座的車窗問道。車內正放著音樂，是早期的搖滾樂。我對她說：

「如妳所見，我正傷腦筋呢。」

「我載你去有電話的地方吧？」

「太感謝了。」

我坐上她的車。

「好懷念的曲子啊。」

19. Clive Barker，是一位英國作家、導演和視覺藝術家。以奇幻小說和恐怖小說著稱。

「是啊。小時候電視上常播。」

我曾經反覆聽我老爸錄音帶裡所錄的歌曲。我們兩人聊著這些事。我在路旁的一家咖啡店裡借電話打回店裡。接著我們兩人一起喝了杯咖啡，很感謝在這種倒楣情況下的相遇。一同吃過幾次飯後，我與她成了男女朋友，沒發生過什麼激烈爭吵，一直交往到現在，並開始想像，再過不久我們應該會結婚生子。但在她面前，我一直提不起勇氣談結婚的事。我擔心憑我這微薄的收入，真的能背負起她的人生嗎？

不過伊娃這個人毫無戒心，教人頭疼。遇到像我這種初次見面的男人，竟然就讓我坐後座，實在不是明智之舉。要是我突然掏出手槍，在她開車時抵住她頭部側面，那該怎麼辦？如果是抽出長褲的皮帶，纏向她的脖子，威脅她「照我的話做」，那又會怎樣？我是後來和她熟識後，才向她提出警告。我提醒她應該更有危機意識，遇到危險事物時，要裝作沒看見，不要插手。但她卻以天使般的神情說道：

「如果我是這樣的個性，就不會認識你了吧？我相信人性本善，這世界一定不全都是壞人。」

她就是這一點吸引我，我不否認。在我過往的人生中，一直遭人背叛。父母、朋友、以前的女友，全都是將我壓榨完後失去下落。我一直認為人生就是這樣，並長大成人，所以伊娃那宛如聖潔祈禱般看待世界的方式，我覺得有其價值。我認為這不許任何人踐踏，同時希望能從旁守護，保護她永遠潔白無瑕。

在朋友的介紹下，我到一家三流出版社當雜誌記者後，收入變得更少了。但我之所以會決定轉行，應該是因為我對出版界懷有憧憬吧。上司命我寫的報導根本就一文不值，還刊登在一文不值的雜誌上，但我那轉為印刷字的文章，伊娃總會細心地剪下，做成剪貼簿。我們來往於彼此住的公寓，某天，我聽說一件與伯恩斯坦家那對老夫婦的死有關的奇怪傳聞。

在我們這座市鎮，詹姆斯．伯恩斯坦這位老先生可說是無人不曉。從小在孤兒院長大的他，不認得自己的父母。他隸屬於巡迴馬戲團的樂隊，負責演奏手風琴，行遍各個土地，就此度過十幾歲的年紀。某天，出現一名自稱是他父親的男子，將他拉出貧困的泥沼，讓他繼承一筆龐大的資產。原來他是大有來頭的伯恩斯坦家的私生子。他後來與貌美的妻子結婚，雖然沒有子嗣，但備受市鎮上的居民敬愛，在宅邸裡過著低調的生活。他喜歡音樂和香菸，人們都說他之所以會罹患肺癌，都是尼古丁的緣故。

詹姆斯．伯恩斯坦是在一年前病死的。半年後，夫人以手槍自殺。人們認定她是跟隨丈夫的腳步自殺，沒有任何一家報紙有更進一步的詳細報導。

對了，伊娃與伯恩斯坦家有點淵源。她從大學時代起，便擔任援助孤兒院的義工，而伯恩斯坦夫婦對他們的義工團體提供高額的資助金。她大學時代常和孤兒院裡的孩子們一同到伯恩斯坦家的植物園玩。那裡位於郊外，占地廣闊，平時似乎未對外公開，但孤兒和帶領的大人們可以進入園內，盡情地四處參觀。他們還受邀到宅邸裡作客，在派對上向伯恩斯坦夫婦問安。

「他們人很好，還對義工團體提供援助，真的很了不起。」

「那是為了節稅。只要向那種團體捐錢，就能節稅，而且還能假裝是大善人。」

「或許吧，但對我們來說，真的很感激。光靠做紙巾的收入，根本無法營運。」

她參加的義工團體和孤兒們一起做原創的紙巾，努力四處兜售。這似乎貼補不了什麼營運費，不過多餘的紙巾我也常用。另外，聽說他們夫妻倆死後，伯恩斯坦家的財產由某位親人接管，對孤兒院的援助就此中斷，不過這也是常有的事。於是，伊娃有位至今仍在義工團體裡參與活動的朋友，前來找她商量。她和那位朋友一起前往伯恩斯坦家拜訪，請求他們能否像之前一樣繼續提供援助。她的行動力著實令人敬佩，但結果並不樂觀。她和朋友不得其門而入，甚至還吃了一頓閉門羹。

故事就是從這裡開始。在偶然的情況下，伊娃．瑪莉．克羅斯聽到和伯恩斯坦夫婦的死有關的奇怪傳聞。起因是一名似曾見過的男客人來到她工作的咖啡廳。對方是位身材高大的老先生，身上穿的衣服不怎麼稱頭。伊娃一見到他，便發現是自己見過的人。

「您是植物園的管理員對吧？」

她出聲叫喚。對方是伯恩斯坦家植物園的管理員，名叫比爾。他似乎也記得伊娃是帶孤兒們到植物園散步的女大學生。

「哎呀，好久不見了。我記得妳叫伊娃．瑪莉．桑特（Eva Marie Saint）對吧？」

「那是以前的電影女星。我叫伊娃．瑪莉．克羅斯。」

「伊娃，真教人懷念。有幾年沒見了？」

咖啡廳沒什麼客人，而且店長大白天就出外喝酒去了，所以伊娃才得以盡情地和比爾閒話家常。問他植物園的近況，聊義工活動的事，接著話題轉到伯恩斯坦夫人以手槍自殺的醜聞上。這時比爾道出以下這句話。

「報導都說夫人是對老爺的死日夜悲嘆，所以才會追隨他的腳步自殺身亡，但其實不然。她是因為絕望才舉槍自盡的。」

「這話怎麼說？」

「她在整理遺物時，意外發現了某樣東西。這可不是像發現外遇證據那麼單純。」

「她發現了什麼？」

「人體樂器。」

「咦？那是什麼？」

她加以反問，但比爾卻沒答腔。之後有客人走進店內，伊娃得前往接待。比爾接過外帶的咖啡後，朝她揮手道別，就走出咖啡廳。

聽完伊娃．瑪莉．克羅斯的說明後，我當晚無法入眠。夫人在整理丈夫遺物時發現的人體樂器到底是什麼？是某種暗號嗎？詹姆斯．伯恩斯坦是一位善良的市民。從垃圾場，乃至於體育館，各種設施都冠上他的名字。如果那樣東西會令夫人如此絕望到舉槍自盡的地步，那應該足以顛覆詹姆斯．伯恩斯坦以往給人的印象吧。如果能查明真相，寫成報導，肯定能吸引世人的注意。這麼一來，我應該能與其他同是記者的競爭對手拉大差距，再也不會窩在那家爛出版社編寫這種爛雜誌，或許能改到具權威性的出版社上班。我心中的野心唆使我展開行動。你現在眼前有一塊肥肉。來吧，快撲向前，緊緊咬住，不要鬆口。揭露死者的醜聞秘密，寫成報導，是一種卑鄙的做法，但我管不了那麼多。如果想和伊娃結婚生子，擺脫貧困的生活，就非得到大出版社工作不可。我便開始對伯恩斯坦夫婦的死因展開調查。

一年前，詹姆斯．伯恩斯坦死於肺癌，但這是真的嗎？為了確認此事，我決定找他的主治醫師談談。我找出他的主治醫師，先潛入他和情婦幽會的酒吧，拍下照片。我向主治醫師出示照片後，他嚇得面如白蠟，我問了他許多問題，他毫無保留地全告訴了我。詹姆斯．伯恩斯坦確實罹患肺癌，沒有他殺或自殺的可能。聽說他死的時候，伯恩斯坦夫人悲痛欲絕。聽聞夫人舉槍自盡時，連主治醫師也不疑有他。與遺物有關的不良傳聞，主治醫師似乎從未聽說。

「你聽過人體樂器嗎？」

我試著向他詢問，但他似乎一無所悉。我心想，這或許是植物園的管理員比爾向伊娃捏造的故事。為什麼要這麼做？為了吸引伊娃注意嗎？這麼一想，我隱約想起前不久有齣電影，內容是有人從富翁的遺物中發現可疑物品，進而展開調查。從遺物中發現少女的色情照片、偷拍影片，揭露了富豪不為人知的變態個性，世上像這樣的劇情可說是不勝枚舉。向伊娃談及此事的男子比爾，也可能是個分不清電影和現實世界的傢伙。不過，我還是再繼續調查一陣子吧。

這次我試著針對伯恩斯坦夫人的死展開調查。根據警方對外發布的紀錄，她是在丈夫過世半年後，以手槍抵向頭部側面扣扳機。地點是宅邸的寢室。她換上平時穿的睡衣，坐在床上，朝腦袋開了一槍。手槍上只驗出她的指紋，沒留下遺書，但有幾名傭人發現伯恩斯坦夫人神情有異。

「早在夫人喪命的數天前，就陸續有人被革職。有宅邸雇用多年的園丁以及駕駛。就像要摒除旁人般，急著把人逐出宅邸。」

告訴我這件事的，是曾在伯恩斯坦家負責上菜的女傭。我拿出電視臺的名片，報上別人的名字，假藉名義說要在新聞上報導詹姆斯．伯恩斯坦的輝煌功績，向她詢問內幕。

「夫人因恐懼而嚇得直發抖。」

「恐懼？」

「我是這麼覺得。就算我問她原因，她也只是搖頭，不肯說。」

大部分的傭人都在夫人用手槍自殺的前一天被革職。最後留下的，就只有負責照顧她生活起居的一名管家。我想向那名男子一問究竟，但此人在見證伯恩斯坦家的財產移交到親戚手中後，便下落不明，不清楚現在人在何方，在做些什麼。

「管家是個怎樣的人？」

「大家都叫他亞歷先生。他人很好，對我們也都很和善。」

我問她詹姆斯·伯恩斯坦的遺物中，是否有什麼奇怪的東西，但沒得到任何收穫。人體樂器這件事，同樣一無所獲。我謝謝她告訴我這些事，就此起身。她問我採訪什麼時候會在新聞上播出，我隨口編了個日期。

這當中存有疑點。丈夫死後，伯恩斯坦夫人因恐懼而嚇得發抖，這是為什麼？如果說是對丈夫的死日夜悲嘆，那倒還容易理解，但悲嘆和恐懼根本是兩碼子事吧？

我再次確認警方發布的資料。資料裡記載了那名管家的名字。他的正式名稱是亞歷山大·肯恩，是最早發現伯恩斯坦夫人遺體的人。從寢室傳來槍聲後，他發現夫人渾身是血，馬上報警。如果是這個人，對遺物應該也知之甚詳。我想馬上找尋他的下落，但我無從查起。在主編的催促下，我也得忙我的工作才行。白天時，我隨便寫一些不值一文的雜誌報導交差，晚上則是邊喝威士忌，邊看伯恩斯坦家的資料，接連持續了幾天。

某天，伊娃．瑪莉．克羅斯在晚餐時如此說道。她煮的義大利麵口感偏硬，而且分量又大。如果全部吃光，我肯定會發福。但她卻說「你要吃胖點比較好」，替我裝了滿滿一大盤。

「如果是管家亞歷先生，我曾經見過他幾次呢。」

「妳見過管家？在哪裡？」

「在植物園看過他。」

「宅邸的管家，為什麼會在那種地方？」

「他和管理員比爾．肯恩很熟。怎麼啦，表情這麼嚴肅。」

「請妳再說一次他的全名。」

「比爾．肯恩。他與管家亞歷山大．肯恩是兄弟。同母異父的兄弟。咦，還是同父異母呢？聽說將植物園的工作交給比爾負責的人，也是亞歷先生。」

原來是這麼回事，這下我明白了。之前我一直感到納悶，不懂為什麼植物園的管理員會知道伯恩斯坦家遺物的事。可能是哥哥亞歷山大信任弟弟，才告訴他這件事。隔天我前往植物園。

II

我聽著車內音響播放的音樂，駕車行經郊外，往北而去。途中在咖啡店休息片刻，進入山腳的森林後，眼前便是植物園的所在地。黑色的鐵柵欄一路綿延，就像要包圍這片廣大的土地。由於平時不對外公開，所以看不到看板和售票處。

植物園的大門開啟。我把車停在停車場，走進裡頭。園內彌漫著滿含溼氣的空氣。花草樹木的氣味，熏得幾乎快讓人喘不過氣來。我腦中浮現伊娃帶領的孤兒們，充滿歡笑地在植物繁茂的小路上奔跑的畫面。砂石路交錯，一路延伸，到處都立有雕像。這些男女雕像的臉上都覆滿青苔，當中有的手腳損毀，被草木所吞噬。

聽伊娃說，園內有小河流過，有藤蔓形成的隧道、玻璃圓頂、玫瑰花牆形成的迷宮等。這些全是依詹姆斯．伯恩斯坦個人嗜好所建造，令人為之咋舌。

入口附近有像是管理大樓的水泥建築和倉庫。我前往拜訪，但裡頭空無一人。我原本打算留封信給比爾．肯恩後就此離去，但後來心想，機會難得，就到園內探索一下吧。

池面浮著睡蓮。蓊鬱茂密的植物形成暗影，在水面上映出黑色與綠色的斑駁圖案。從樹林後方可以看見半球狀的建築，是玻璃製的巨大溫室。我在前往的途中聽見音樂聲，於是我豎耳細聽。音色聽起來是弦樂器。

溫室入口是一座玻璃門。我打開門走進，更加清楚地傳來音樂聲。撥開濃密的綠色植物後，眼前是一座廣場。一名身材高大、一頭銀髮的男子坐在一張木製的扶手椅上。腳下擺著一臺唱片機，黑色的圓盤在轉動。男子注意到我的氣息，轉過頭來，將叼在嘴裡的菸斗擱向菸灰缸。

「你是？」

他口中吐出白煙，隨著弦樂器的音色一同往植物的縫隙間擴散開來。

「我在找管理員比爾・肯恩。」

「我就是比爾・肯恩。你是什麼人？」

「我不是可疑人物，也不是警察，你大可放心。」

「那就好。」

比爾・肯恩聳了聳肩。他放菸斗的菸灰缸旁，乾燥植物散落一地。男子抽的是大麻。我敢打賭，在這座植物園內某處不易被發現的地方，肯定種植了大麻。

「你正在享受美好時光，我卻跑來打擾，真是抱歉。」

「沒關係。你要來一口嗎？」

我接過菸斗，吸一口菸，送入肺中。數秒後，感覺身體的輪廓變得模糊，開始膨脹。大麻還是一樣那麼暖和、溫柔。唱片機播放的音樂突然變得大聲起來，彷彿透過肌膚被身體吸收。

「這東西真好。能讓人感覺恍如置身詩歌的世界。對了，比爾．肯恩，我有件事想問你。」

「什麼事？」

「與詹姆斯．伯恩斯坦的遺物有關。當中是不是有什麼奇怪的東西？」

「你是伊娃．瑪莉．克羅斯的朋友嗎？」

「人體樂器是什麼？」

他沉默不答。我們輪流含著那根菸斗抽菸，就這樣產生一股莫名的親近感。比爾．肯恩笑著望向溫室裡的植物。從玻璃天頂照進的陽光，美得炫目。

「之前那女孩說過，她的男友是位雜誌記者。這件事你打算寫成報導嗎？」

「是的話會怎樣？」

「伊娃是個好女孩，有顆純潔的心。」

比爾．肯恩瞇起眼睛，就像在看什麼聖潔之物。

「既然你是伊娃的男友，那我告訴你也無妨。」

這傢伙似乎對伊娃存有好感，所以才會對我如此禮遇。溫室的廣場有座噴水池，現在已沒再噴水。我坐在噴水池邊，聽比爾．肯恩娓娓道來。

「我想你已經知道，我有個哥哥叫亞歷山大。他長年擔任伯恩斯坦家的管家。他是個沉默寡言、個性沉穩的男人，某天，我哥臉色蒼白地來植物園找我。我從沒見過我哥那個樣子……他從伯恩斯坦家的高級轎車後座拖出一個得要雙手環抱才拿得動的大木箱，搬進倉庫裡。他要我暫時替他保管一陣子，接著便馬上返回宅邸去了。」

「那是什麼時候的事？」

「詹姆斯．伯恩斯坦先生死後半年，夫人舉槍自盡三天前的晚上。」

擺在倉庫裡的木箱，大小就像是個蹲坐地上的孩童。聽說蓋子以釘子釘死。他詢問裡頭裝的是什麼東西，但亞歷山大．肯恩不肯告訴他。等到亞歷山大下次前來，卻是告訴他伯恩斯坦夫人舉槍自盡的死訊。

「警方那時候出入宅邸，調查有無他殺的可能性。我哥也接受了偵訊。我當時無比心慌，擔心會不會因為這樣而被追究。」

比爾．肯恩朝菸斗瞄了一眼。他應該是擔心警方來到植物園，害他的作物曝光吧。說來荒唐，在這個州，大麻是違禁品。

「當時我哥打電話來，問我倉庫裡的木箱是否平安無事。他只是打電話來確認。我回答他平安無事後，我哥似乎鬆了口氣，但我突然對木箱裡的東西感到好奇起來。警察在宅邸裡忙進忙出的當口，他竟然還打電話來，表示那裡頭裝著麻煩的東西，絕不能讓警察發現。坦白說，我很想知道究竟是什麼事讓我哥如此慌亂。我猶豫了兩個小時後，試著打開木箱。我用拔釘器一一將釘子拔下，掀開蓋子。」

「你看到了？」

「嗯，看到了。」

比爾．肯恩將菸斗擱向菸灰缸。他在扶手椅上弓起他高大的身軀，露出沉思的表情。就像全神投入永遠解不開的數學題中的數學家，臉上布滿皺紋。

「我馬上撲向電話旁，想要報警。當時大麻的事已完全被我拋向腦後。我的理性告訴我，這種事非通報不可。」

但他哥哥攔阻他報警。亞歷山大．肯恩與弟弟通完電話後，似乎就駕車趕至植物園。就在比爾即將報警時抵達，一把搶下弟弟手中的話筒。

「我哥不想讓伯恩斯坦家的醜聞擴大。因而暫時將木箱放在植物園倉庫保管，打算等一切處理完後，將它燒成灰。我想，舉槍自盡的夫人還比較有人性。儘管他目睹這一切，卻還是想守護主人的名聲，堪稱是管家的典範。原本他似乎連對我這個弟弟也不願透露，但因為我擅自打開蓋子，所以他非得告訴我緣由不可。」

「別再吊胃口了。裡頭到底裝什麼？」

「手風琴。」

「手風琴？」

「這就是他遺物的真面目。此外還有可怕的照片、唱片、馬戲團的傳單等，總之，是個很重要的樂器。」

他告訴我他哥哥和伯恩斯坦夫人發現這樂器的經過。丈夫因肺癌過世後，伯恩斯坦夫人不可能終日悲嘆。她開始整理龐大的遺物，不久，她發現了那個東西。因為她知道詹姆斯・伯恩斯坦的書房衣櫃採雙層設計，背面的木板可以拆下。裡頭有一處像置物間般的寬敞空間，用來存放個人的嗜好蒐藏，例如極盡呈現這世界醜惡面的照片，這類可以看出詹姆斯・伯恩斯坦變態個性的物品。而在這些物品的圍繞下，擺放著這個奇異的手風琴。那是由人骨和木製零件組合而成，風箱的部分似乎是用人皮所繃成，整體呈現出一種像高級木製古董家具般的氣蘊。仔細一看，那裝飾的部分還嵌有人的牙齒。亞歷山大・肯恩將這些東西裝進木箱裡運出，但在他銷毀前，夫人已先舉槍自盡，而弟弟又擅自打開蓋子，目睹了裡頭的東西。我搖了搖頭。

「不敢相信竟然有這種東西。不會是看到幻覺吧？」

「真的有這個東西。我親手摸過，還捧在手中。說來也奇怪，它微微透著溫熱，就像裡頭有血液在流動般，摸起來很柔軟。捧它在手中，就像抱著一個蜷縮著身子的小孩，很奇怪的感覺。」

「你為什麼知道手風琴所用的皮是人皮呢？也可能是豬皮吧？」

「我就是知道。有像是頭髮的東西垂落，帶有光澤的黑髮，手風琴的一部分則是由各種部位的皮膚拼湊而成。而且不光這樣，我還用它來演奏。按下用骨頭削製成的鍵盤，並伸縮風箱，送出空氣。」

這像是以人體零件拼湊成的手風琴，發出類似人聲的聲音。就像少年的聲音一樣。用來做風箱的人皮接縫處，有一個會洩出空氣的小孔。他從小孔往內窺望，內部就像人體體內一樣，有溼潤的肉壁。可能手風琴內部也採用人的部位，用割下來的喉嚨和聲帶拼湊而成，讓空氣通過此處，藉此發出像少年般的聲音。

「如果存放多年，應該早已風乾，而變得像木乃伊一樣。」

「沒錯。但不知為何，我卻感覺那手風琴像是有生命一樣。雖然已變成樂器的狀態，但它就像是勉強還保有生命的人類。我往內部窺探時，感覺就像往某種生物的肚子裡窺望。」

我一面聽，一面等候。等著眼前這名男子聳肩跟我說「我開玩笑的」。但比爾．肯恩臉上皺起深刻的皺紋，沉默了半晌。白煙從擱在菸灰缸上的菸斗冉冉而升。溫室裡的植物靜靜聆聽著唱片傳來的古典音樂。

「我說，你這番話哪些是真，哪些是假，可以清楚區分一下嗎？」

植物園的管理員豎起食指打斷我的話。

「安靜。仔細聽這音樂。」

我們兩人注視著旋轉的唱片。從喇叭傳來的弦樂音色，突然摻雜了像是人的低吟聲。

「這張唱片是……？」

「是我從老爺的遺物中偷出來的，裡頭好像收錄了人體樂器演奏會的音樂。我猜想，演奏這音樂的樂器，應該也是以人體的零件組成。但它並非完全死亡，而是用這種方式活了下來。樂器們在演奏時，偶爾會發出人聲。剛才那也是樂器在某個瞬間突然醒來，了解自己的狀況，因恐懼和快樂而扭動身軀發出的聲音。」

他吸了口大麻菸。表情放鬆，顯得柔和，口水從他唇邊流下。

「那個手風琴後來怎樣了？」

「我哥銷毀了。灑上汽油一把火燒了，還飄散出像人類燒焦的氣味。灼熱的空氣通過樂器內側，發出近乎悲鳴的聲響。在燃燒後的殘渣裡，有人的骨頭，我哥將它們撿起後，就下落不明了。可能是丟到海裡去了吧。我哥再也不會回到這個市鎮了。我有這種感覺。」

「只燒掉那個手風琴嗎？」

「對伯恩斯坦家來說，一切不名譽的東西全燒了。但還是有東西留下。像木箱，以及破裂的唱片，應該還留在倉庫裡。」

「我可以看嗎？」

「隨便你。不過我先給你個忠告。勸你最好別涉入太深。」

「我會小心的。」

我留下比爾．肯恩，獨自走出玻璃製的半球狀溫室。通過兩旁植物包夾的小路，闖入玫瑰迷宮。我好不容易抵達出口，走進管理大樓旁的倉庫。按下開關後，白熾燈亮起，趕走四周的黑暗。裡頭堆滿了農業機具和肥料。

角落裡有個木箱。亞歷山大·肯恩搬出遺物時所用的就是這個嗎？以大小來看，差不多就這麼大。這樣的大小正好可以放在車子後座，而且一個人就可以搬得動。

往內窺望，發現裡頭塞了許多木屑。我伸手探進箱內，檢查有無東西遺留。從底部發現破裂的唱片碎片。有東西纏往我的手指，仔細一看，是黑色的頭髮。我想起比爾曾經提過，做成手風箱的人皮，有一部分還垂著黑髮。我覺得有點可怕，扯掉那團頭髮。

我踢翻了木箱。在散落一地的木屑中，有個東西反射白熾燈的亮光。那是個方形的畫框，玻璃的部分在發光，裡頭放的是馬戲團的傳單。很普通的設計與內容。它之所以逃過被燒毀的命運，應該就是這個緣故吧。那我就收下它吧。我打開畫框，想抽出裡頭的傳單。這時，我發現它有雙重背板。有個信封掉落腳下。似乎原先是夾在這雙重背板內的。詹姆斯·伯恩斯坦刻意用馬戲團的傳單蓋在它上頭，就是為了掩飾這個信封，才準備了畫框。

這信封像中世時代一樣，以熔蠟封箋，亦即所謂的封蠟，顏色像血一般鮮紅。

我從信封裡取出信紙，望向上頭的文字。

是以流暢的手寫體書寫的「親愛的詹姆斯·伯恩斯坦先生鈞啟」。

那是音樂會的邀請函。雖然畫有前往舉辦場所的地圖，但上面沒寫日期。信紙泛黃，看起來已有相當的年代。音樂會應該早已結束了。我將它收進外衣的內側口袋，走出植物園。

III

自從與比爾．肯恩在植物園聊過後，我便開始作惡夢。夢中內臟遍布空中，飄下滿天血雨。我在這個市鎮的角落感到極大的失落感，垂頭喪氣，完全無法動彈。從床上醒來時，還是覺得自己尚未從惡夢中走出。我急忙打開窗簾仰望天空，這才吁了口氣。

伊娃．瑪莉．克羅斯來到我房裡，見我氣色不佳，很替我擔心。這時，房東前來催促我繳房租。我說現在手頭沒錢，想打發房東走，結果伊娃從自己的錢包裡取出幾張紙鈔。

「這樣夠嗎？」

房東達成目的，準備離去，臨走前瞥了我一眼。房東的眼神就像在說，連房租都要女朋友幫你出，真是個沒用的男人。我暗啐一聲，在心裡暗罵道「這種爛房子，老子也不想住了」。但偏偏我沒錢搬家。

我和伊娃到公園散步，坐在長椅上。我望著和小狗嬉戲的孩童，對她說道：

「我在植物園和比爾．肯恩聊過。他是個有意思的人。」

「你們聊了什麼？可以告訴我嗎？」

「他說的話分不清是夢境還是現實。伯恩斯坦夫婦的事，或許也是他自己編造的。」

「這麼說來，你已經採訪完了對吧。這次的假日，我們一起去遊樂園玩吧。」

「好啊。不過在那之前，我還想調查一些事。」

等她離開，房內剩我獨自一人時，我取出在植物園倉庫拿到的信封細看。「親愛的詹姆斯．伯恩斯坦先生鈞啟」。寄這封信的人會是誰呢？這好像是音樂會的邀請函，不過，它被藏在伯恩斯坦的蒐藏品房間裡，表示這絕不是普通的音樂會。我聯想到比爾．肯恩說的人體樂器。不可能會有這種事，我半信半疑地搖了搖頭。

我用放大鏡仔細觀察緊黏在信封上的紅色封蠟。慶幸的是封蠟沒破裂，可以確認上頭封蠟章的徽章。封蠟章大多會使用可表示寄件者家世身分的徽章。我決定將它畫下來。驀地，我覺得這封蠟的徽章有點眼熟，但到底是在哪兒見過，我完全想不起來。最後我的結論是，可能有某個企業的商標和它很相似，而我在無意識中曾看過它的看板。

接下來該怎麼辦才好？我想到伯恩斯坦夫婦的宅邸裡，仔細看伯恩斯坦先生藏那些蒐藏品的地方，不過，像我這種無名小卒，他們應該是不會答應，肯定會賞我一頓閉門羹。於是我決定到邀請函上所寫的音樂會舉辦地點，向那附近的居民打聽，問那裡以前是否曾舉辦過音樂會，或許能得到一些消息。那裡是什麼場所，是怎樣的地方，只要看過之後，應該會對想像這位寄件者是什麼人物有所幫助才對，或者是從中發現以上頭的封蠟章徽章做為家徽的是哪戶人家。

我在地圖上找尋音樂會的舉辦場所。以距離來看，需要花上三天的車程。我告訴伊娃．瑪莉．克羅斯，我會有一陣子不在家，接著前往那家和我有合作關係的爛出版社的爛編輯部。我攔住主編，告訴他我想針對詹姆斯．伯恩斯坦的醜聞寫篇報導，請他資助我採訪費，但他一口回絕。

「像你這種三流記者，你以為我會給你錢嗎？反正我看你一定又是聽到了什麼無聊的假消息吧。」

「詳情我不能說，但這是個驚人的題材。你聽好，你要是不肯給我錢的話，我只好去找其他更好的編輯部了。掰掰，應該是無緣再相見了。」

主編啐了一聲，從口袋裡掏出幾張皺巴巴的紙鈔丟給我。

「要是最後你沒查出個結果來，我就再也不用你寫的報導，還會對外散播你的不良風評，讓你再也無法在這個業界立足。」

「這真是最大的獎勵了。不用再看你這張臉，反而更好。」

我撿起地上的紙鈔，轉身背對朝我比中指的主編。這麼一來，就再也沒退路了。我在出版社的地下停車場坐上車，踩下油門。輪胎迅速旋轉，在摩擦下冒出白煙。我離開市鎮，沿著單調的筆直道路一路朝北而去。

我從白天一路開到日暮。在馬路旁的一家便宜旅館過夜，就近在一家餐廳吃三明治果腹。第二天也一直在開車。我不時會停車查看地圖。寄給詹姆斯．伯恩斯坦的那個信封，上頭寫的地址是位於湖濱的一座市鎮。我以手指沿著地圖上的道路走，確認自己現在離它有多近。

第三天，車子駛進山路。馬路兩旁是整排的針葉樹林。由於樹葉阻擋了陽光，這裡略顯昏暗。當車子越過山頂，轉為下坡路段時，車窗外開始有雲霧飄動。車子在一片白霧中行進，而後抵達那湖畔的市鎮。信封上寫的地址不遠了。

湖邊沿岸整排都是小艇出租店和露營場地。我一面確認地圖，一面找尋以前舉行過音樂會的場所。我自己猜想，那個地方應該是有值得舉行演奏會的特殊設施才對，像是展演空間、歌劇院，或是有新人樂團演奏的餐廳，諸如此類。但這樣的地方我始終遍尋不著。這根本就是個只有霧氣彌漫的湖泊和針葉樹的冷清鄉鎮。也許當初在寫那封寄給詹姆斯．伯恩斯坦的邀請函時，曾有這麼一棟建築，但如今已被拆毀，不留一磚一瓦。

我發現湖畔有個餐廳看板，便把車停向停車場。店家旁邊的大樹設有盪鞦韆，一旁有個不到十歲的女孩正抱著娃娃玩家家酒。店內有幾名老人。男女皆抽著菸閒話家常。我坐向吧檯，向一名臉色像死人一樣難看的女店員點了一份三明治。

「我想問妳一個問題。妳可曾聽說這一帶以前舉辦過音樂會？我祖父生前曾提到這個市鎮。我突然想起這件事。」

我盡可能不露聲色地跟店員搭話，也向老人們問了同樣的事，但始終得不到有助益的資訊。我談到那封邀請函上的地址，但這片土地除了一望無垠的針葉樹林外，什麼也沒有。店員和老人們都說，應該是我的祖父把這裡和其他市鎮搞混了吧。

吃完培根煎蛋三明治後，我走出店外。在停車場旁抽著菸，凝望那霧氣濃重的湖面，這時，一名女孩前來向我搭話。是剛才那名抱著娃娃玩家家酒的女孩。她的眼珠和頭髮都是黑色，臉頰上有些雀斑。她緊抱著人偶，抬頭望著我說道：

「我聽到你在店裡說的話了。不可以去那個地方哦。」

「妳指的是什麼？」

我拋下香菸，以鞋底踩熄。

「叔叔，你剛才不是談到音樂會的事嗎？那個地方總會走出一些可怕的人，不能靠近那裡。我的曾祖母這樣吩咐過。」

「妳的曾祖母還說過些什麼？還記得嗎？」

「她還說，入夜後，森林裡會舉行演奏會。」

「誰會演奏？」

「『他們』。雖然像人類，但應該不是。」

「像外星人那樣嗎？」

「不知道。應該不是。」

這也許是大人們為了不讓孩子擅自闖進針葉樹林而迷路，所編出的故事。我和女孩交談時，那名臉色像死人一樣難看的女店員走出來，站在店門口，盤起右臂望著我。女孩就此停止交談，朝她奔去。我又點了第二根菸。

我走進市鎮外郊的汽車旅館，用公共電話打給伊娃·瑪莉·克羅斯。她說她今天同樣在咖啡廳上班，與熟客們寒暄。

「你呢？你今天過得怎樣？」

「吃到好吃的三明治。對了，在這之前，我和那個爛主編吵了一架。我要是沒查出個結果，日後恐怕沒辦法在出版界待下去了。」

「如果是這樣，那我們就搬到鄉下去吧。買個小農場，過悠閒的日子。」

我告訴她我投宿的汽車旅館名稱和電話，並吩咐她，如果我發生什麼事，請和這裡聯絡。這家汽車旅館設備老舊，我想沖個澡，結果放出的熱水全是紅鏽色。我小睡片刻，醒來後已是晚上。窗外汽車旅館的霓虹燈看板在黑暗中散發光芒。我穿上外衣，坐進車內。

那位不知名的女孩向我提出忠告，叫我別去那裡，但我仍駕車找尋邀請函上的地址。霧比白天時還要濃。我就像開著車燈探尋似地，行駛在環湖道路上。我身上沒那麼多錢可供我在此連日停留，能探索的時間有限。就算是晚上，也要在市鎮上四處查看。而且根據那女孩從她曾祖母那裡聽到的說法，演奏會不就是在晚上舉行嗎？或許能找到只有晚上才亮燈的店家。

濃霧圍繞在車子四周，揮之不去。我感覺就像成了一名被牛奶色的厚毛毯蓋住的小嬰兒。我一面看地圖，一面小心謹慎地前行，這時我發現一條白天時沒發現的小路。那是通往針葉樹林內的岔路，邀請函上的地址似乎就在這條路前方。這條路鋪了柏油，而且道面也夠寬，我就此放心地轉動方向盤駛進，往針葉樹林深處而去。

我駛過河上的橋梁後，路面的狀況起了變化。它不再是柏油路，而是改為老舊的石板路。沿路上都設有路燈。這種針葉樹林的深處竟然有路燈，當真奇怪。而且那不是電力照明，而是古老的煤氣燈。一盞盞火焰的亮光朝濃霧的深處綿延而去。

一道像直線般的暗影浮現前方。是一道磚牆。我停下車，爬上車頂，試著看能否從圍牆上窺望裡頭的占地。牆上設有像鑄鐵長槍般的防禦措施。如果想翻越，應該會被刺成肉串吧。但它並不高，我從車頂上用力一跳，便看見圍牆內側。似乎是戶有錢人家。一棟足以媲美詹姆斯．伯恩斯坦家的館邸，在濃霧中浮現其輪廓。有好幾排窗戶的亮光，多得數不清。感覺屋內人來人往。

我爬上屋頂，一再跳躍時，聽到馬的嘶鳴聲和車輪聲朝這裡靠近。一輛巨大的馬車從濃霧中出現，接著旋即從我停在圍牆邊的車輛旁通過。那不是農家用來運貨的馬車，而是像中世紀的貴族搭乘的豪華馬車。在這種時間、這種場所、遇上這樣的馬車，真是作夢也想不到。話說回來，那種馬車只在觀光地區才看得到。

我坐上車，朝馬車前往的方向駛去。感覺霧變淡了些，駕起車來容易許多。圍牆的途中有一道門，剛才那輛馬車就停在門前。我保持距離停好車，仔細觀察。

大門兩側站著頭戴奇怪銀色面具的男子。身穿禮服的女子走下馬車。那是一名體態肥胖的女子，以像是派對道具的蝴蝶眼鏡遮住面容。女子取出一個像信封的東西，向戴面具的男子出示。男子們打開門，讓女子的馬車進入門內。由於有一段距離，我不是很確定，但女子出示的信封與詹姆斯．伯恩斯坦持有的音樂會邀請函很相似。

接下來該怎麼做？我坐在駕駛座自問。這時候應該先折返，在汽車旅館的房間睡一覺嗎？還是試著到那扇門前，向那些戴面具的男子問話？問他們這裡是什麼地方，有什麼樣的人出入，裡頭到底在舉辦什麼？當然了，我該做的事早已決定。我下車朝大門走去。那兩名戴面具的男子，也不知是否發現了我，始終站著不動。我來到他們面前，仔細觀察那銀色面具。那是仿效鴿子的造型所做的設計。我抬起手跟他們搭訕。

「這面具哪裡買的？做得真不錯呢。」

兩人毫無反應。

「開玩笑的。我想請教你們一些事。這裡到底是怎樣的地方？今晚要在這裡做什麼？辦音樂會嗎？」

我往門內窺望。裡頭已停了好幾輛馬車。當中也有年代久遠的老爺車。我想看仔細一點，結果一不小心，太靠近那扇門。突然其中一名男子一把扭住我的手臂。一陣劇痛遊走，痛得我喘不過氣來。「我認輸！我投降！」我放聲大叫，但似乎對男子說不通，他沒有要鬆手的意思。就在覺得手臂筋脈快斷了的時候，我外衣口袋裡的信封掉落。是詹姆斯．伯恩斯坦遺留的那封邀請函。另一名戴面具的男子撿起它，展信細看。

「拜託快住手！我手快斷了！我會報警哦！」

突然他鬆開我的手。兩人手抵胸前，似乎是在向我表示謝罪之意。他們把信封還我，做出請進的動作。看來他們誤會了。他們以為我就是邀請函的持有人——大富豪詹姆斯．伯恩斯坦。

IV

詹姆斯·伯恩斯坦是什麼時候得到這份邀請函的呢？從信紙上泛黃的情況來看，我研判應該已有相當年代。它至今仍可當邀請函用，讓我得以通過這扇門，不就表示他有永久受邀的權利？

就近抬頭細看後，我發現就算用貴族的城堡來形容這宅邸也不為過。玄關處也站著一名戴面具的男子，我向他出示詹姆斯·伯恩斯坦的邀請函後，那扇沉重的門就此開啟。亮光外洩，朝玄關前形成一道光束。他們在入口處給了我黑色外套和面具。面具是銀色、哭臉的造型。在這個地方，這樣似乎才算是正式服裝。對我來說再好不過了。只要能完全掩飾自己的容貌和服裝，別人便看不出我假冒詹姆斯·伯恩斯坦，我也就不會被揭穿。我穿上外套，以面具遮住面容。我朝屋內走去，傳來一陣香氣。

來到讓人聯想到教堂的挑高天花板附近，裡頭瀰漫著一股嗆人的濃煙。我的鼻子完全失去嗅覺，就算一旁有腐爛的屍體，我恐怕也聞不出來。牆上擺著一整排燭臺。燭火迷幻的照耀出聚集此地的人們。來訪者個個戴著面具，身穿黑色外套。每個人的面具造型都不相同。模樣有的笑、有的生氣，有的是象頭、有的是獅頭。有些面具形狀怪異，讓人覺得是出自瘋狂藝術家之手，有的面具則像是用大頭針將五顏六色的蝴蝶釘在上頭。

來訪者們彼此輕聲交談，我試著豎耳細聽，但他們用我不懂的語言交談。現場有鮮紅的濃烈紅酒款待。來訪者只有在以嘴脣湊向杯緣時，才會微微抬起面具，露出下巴。有人嘴脣塗成藍紫色，有人塗成白色。裡頭也有一群貴婦。她們以黑布代替面具蒙住臉，布面上以金銀線縫上無數顆眼睛的圖案。

這些人到底是何方神聖？詹姆斯．伯恩斯坦也是這秘密俱樂部的一員嗎？我一面觀察這些來訪者，一面往宅邸深處走去。為了之後寫成文章，我得先瞧個仔細才行。我必須在這裡掌握住詹姆斯．伯恩斯坦的醜聞真相和證據。大富翁連對自己妻子都不曾透露過的人生黑暗面，應該就藏在這座宅邸裡。

讓人聯想到宮殿的奢華房間一路相連。牆上裝飾的畫框和擺設的沙發，都加上了哥德式裝飾。走著走著，我的目光盡被眼前的一切所吸引，這時，我撞到一名戴著山羊面具的男子。

「抱歉。」

「沒關係，您自己要多小心。」

對方以我熟悉的英語回答。那沉穩的聲音，就像國營廣播電臺的廣播員一樣。應該有點年紀。我從聲音給人的印象作出這樣的判斷。他包覆在黑色外套下的身形清瘦，身高比我還高。我試著和他攀談。

「今晚夜色真美。」

「嗯，是啊。」

竟然遇上能用英語溝通的來訪者，我很感謝老天爺賜我這樣的幸運。我想問他許多問題，好得知這個秘密俱樂部的由來，但要是隨便發問，恐怕又會讓他發現我是入侵者，所以我得小心行事才行。

「在抵達這裡之前，我迷了路。」

「好在最後你趕上了。因為等演奏開始後，會場內就會限制人員進出。」

我觀察這名戴著山羊面具的男子，有沒有什麼線索可以看出他的來歷？拜我臉上的哭臉面具之賜，我眼睛的動作不會被看出，就算我緊盯著他瞧，他可能也感覺不出。從他脖子的皮膚，我看出他是白人。他有一頭整齊的銀髮，耳後有顆痣。

「就快開始了。我們前往會場吧。」

臉戴山羊面具的男子望著牆上的巨大鐘擺時鐘說道。其他來訪者也往宅邸深處移動。我混在人群裡行進，來到一處像是劇場門廳的空間。現場有許多出入口，我們從最近的一處進入。音樂演奏會場裡已聚滿了人。前方充當舞臺，舞臺布幕垂落。沒有座位，所有人似乎都是站著欣賞。二樓座位也有許多戴面具的人俯視著舞臺。

天花板垂吊著一盞車輪形狀的枝形吊燈。在上頭的蠟燭火光照耀下，每個人的面具皆浮現在黑暗中。出入口的門關上後，交談聲靜了下來，現場籠罩一股異樣的寂靜。

布幕開始揭起。樂團早已在布幕後方待命。一支奇怪的樂團。他們手中的東西，乍看之下不會想到是樂器。定睛細看後，這才明白它擁有樂器的功能。

我躲在面具後極力忍住不發出聲音，不讓人看出我心中的慌亂。我試著將視線移往四周，沒人面露驚訝之色。大家都直挺挺地站著，凝望舞臺。

焚香的輕煙帶有一股甘甜的氣味，讓人聯想到熟透發爛的水果。從輕煙深處走出一名手持指揮棒的男子，低頭行了一禮。他以金色面具遮住本來的面目。他揮動指揮棒，音樂開始響起。

首先是敲響大鼓。宛如烏雲朝天空擴散開來般，氣氛詭異的低音。大鼓是一種兩面都繃上鼓皮的鼓。它底下是白色的臺座，形狀怪異。仔細看才發現，那是兩個人的人骨。那相當於小孩子的體型，以其生前的形狀組成，為了不讓大鼓掉落，以從兩側支撐的形狀加以固定。就是這種風格的設計。但那肯定不是人工製造，而是用真正的人骨做成。因為上頭繃緊的鼓皮，遠看也知道是人皮。從人體剝下展延開來的人皮，繃成巨大圓筒形的大鼓。它的表面無法完全平整，仍留有些許人體原本的樣貌。像是胸、腹、肚臍的部位，在大鼓的中央附近微微浮現其紋路。上頭沒看到任何銜接處，真有辦法這麼完美地剝下人皮嗎？那肯定是在底下支撐大鼓的那兩人的皮膚。兩面各自都繃上自己皮膚的大鼓，由他們自己撐起。演奏者以鼓槌敲向大鼓上繃緊的皮膚腹部。一再地敲打，就像要賜予它痛苦般。

管樂器的樂音從大鼓的低音後方揚起。猶如聖光撥開暗雲，往人間傾注。大大小小的管樂器合起來有好幾種。有的是由人骨組合而成，有的是連接皮膚和內臟，外表塗上金屬加以固定而成。只有上半邊臉以面具遮掩的演奏者們，各自以嘴唇抵向這些樂器吹氣。空氣在樂器內側產生迴響，形成樂音。當中最吸引人目光的管樂器，就屬一個將砍下的人頭鑿出好幾個洞做成的陶笛了。覆在頭部上的皮膚仍保持原樣，看來只有內部刨空。為了避免空氣外洩，眼睛和嘴巴都特別縫合。之所以知道那是女人的頭部，是因為它垂著長髮。演奏者很鍾愛似地抱著那顆只有脖子以上部位的頭顱，撥開頭髮，朝頭上的孔洞吹氣後，空氣在之前大腦所在的空間裡迴響，產生樂音。音色有時可愛，有時苦惱。宛如頭部被做成陶笛的女子，正和吹奏它的演奏者呢喃細語。

弦樂器的音色則是為音樂增添命運的色彩，其中尤以發出小提琴音色的樂器最迷人。它和其他樂器一樣用人體當材料，但不知是經過怎樣的處理工法，上頭皮膚帶有亮麗的色澤，就像還活著一樣。被加工製成小提琴的是一位美麗的少女。她喉嚨到下腹部被直直剖開，裡頭的內臟似乎完全被取出。身體裡打入多個木楔，並加上琴弦。演奏者像摟著少女加以愛撫般，拉著琴弓演奏。琴弦的震動在少女體內迴響後化為樂音，撼動人心。但不光如此。不知是經過怎樣的醫學手法處理，少女並未完全死亡。她眼睛微張，露出藍色的眼珠。她的眼神空洞，像花苞般的小嘴雖然無法說出清楚的話語，但是像少女般的細微呻吟聲，清楚夾雜在小提琴的音色中。琴弦的震動從木楔傳向骨盤，發出樂音，接著像人聲般的聲音又從她的嘴脣間流瀉而出。在這種狀態下還不會停止生命活動的人，真的存在嗎？難道她背後有機械取代那些被掏空的內臟，以管子之類的東西相連？但看不到類似的東西。小提琴少女奏出的樂音，令聽者為之心頭紛亂，幾欲就此瘋狂。我曾聽過這個樂音。就是之前比爾・肯恩在植物園的溫室裡邊抽大麻邊聽的唱片。

那奇妙的樂團演奏究竟過了多久的時間，我無法正確掌握。就像夢裡的人生。感覺無比漫長，卻也像只有短短的一瞬間。當我回過神來時，發現自己正望著那噩夢般的演奏會，無比入迷。恐懼感完全麻痺，待音樂來到尾聲時，甚至覺得意猶未盡。最後的樂聲從會場上消失後，經過片刻的寂靜，才傳來觀眾熱烈的掌聲。站在我身旁那位戴山羊面具的男子，湊向我耳畔說道：

「演奏真精采。」

「嗯，一點都沒錯。」

布幕開始降下，那些駭人的人體樂器隨著演奏者們一起消失在布幕後的黑暗中。掌聲久久未歇。在這片喧鬧聲中，頭戴山羊面具的男子道：

「那我們走吧。已為您備好特別的房間。詹姆斯·伯恩斯坦先生。」

我停止拍手。接著他重新改口道：

「不，你不是。用別人的邀請函潛入的人，得接受處罰。」

「這話是什麼意思？」

難道我犯了什麼疏失，讓他看出我是入侵者？他突然探出手來，抓住我那哭臉面具，一把扯下。周遭的觀眾皆轉頭望向原形畢露的我。

這時候還留在原地會有危險，我轉身就逃。撥開身上穿著外套的人們，離開會場。我衝出那豪華的房間，找尋出口。一路上頻頻撞到人。每次都有戴面具的臉孔朝向我。我感覺那名戴山羊面具的男子似乎沒朝我追來，但有入侵者闖入的消息，應該已經傳開。我好不容易來到玄關前，卻被戴具面的男子們逮住。

我不知道房內是怎樣的情況，因為我的頭上罩著一塊黑布。我被綁在椅子上，無法動彈。問我來歷和負責與我交涉的，是那名戴山羊面具的男子。雖然看不到他的模樣，但從聲音聽得出來。我處在宛如過度換氣般的狀態下，困難地呼吸著。每次呼氣，罩在我臉上的黑布便會鼓起。

「宅邸的主人心胸寬大。他保證願意有條件地釋放你。如果你拒絕接受這項條件，就會承受超乎想像的痛苦。那是求生不得，求死不能，無止境的痛苦。」

我詢問他條件的內容。我聲音顫抖，連話都說不好。胃酸湧上喉頭，我張口嘔吐。黑布內側沾滿了我的嘔吐物，它們沿著喉嚨，再度從胸腔流回腹中。戴著山羊面具的男子視若無睹。

「就是獻上你的愛。我們不會害你的。快點接受這項條件，讓自己解脫吧。」

這話什麼意思？獻上我的愛？總之，我為了逃離眼前的恐懼，就此接受他開的條件。他朗讀一份像是契約書的內容。我蒙著布，被人劃破食指，以鮮血蓋下指印。契約成立。接著我就失去意識。不知道是昏厥，還是某個力量令我沉睡。

當我醒來時，人已坐在駕駛座上。我似乎是靠在方向盤上睡著了。照進針葉樹林裡的清爽晨光，透過擋風玻璃照向我的臉。我作了個好可怕的夢。車子四周只看得到樹林，宅邸的圍牆和石板路皆不存在。原來那只是一場夢，我鬆了口氣，伸了個懶腰。接著一陣狂咳。車內彌漫著一股難聞的氣味，好像是胃酸的味道。仔細一看，我的衣服從前胸到腹部都沾滿了嘔吐物。

我發動引擎，驅車前進。根據昨晚的記憶，有條流經針葉樹林裡的河流，我應該是駛過那座河上的橋才對。但現在到處都看不到那座橋，我到不了河的對岸，只能來到湖邊的道路上。有種很不舒服的感覺，彷彿這裡與昨晚的世界相連，但我最後還是順利回到了汽車旅館。汽車旅館的老闆以同樣的態度接待我，和昨天沒有兩樣。我收拾好留在房間裡的行李，回到車內，離開這座市鎮。我想早一刻逃離這裡。

我一面駕車行駛在蜿蜒的山路上，一面自問。那一切是真的嗎？巨大的宅邸、聚集在裡頭的人們、用來演奏的人體樂器，該不會都只是我作的一場夢吧？如果不是，為什麼我會被釋放？

通過山路後，我從當地鄉鎮的公共電話亭打電話跟伊娃·瑪莉·克羅斯聯絡，但沒人接聽。我開了一整晚的車，朝我居住的市鎮而去。每次駛進休息站休息時，我就會打電話，但始終沒能聽到伊娃的聲音。也許她是因為工作忙碌，無法回家。她應該是不可能會勾搭上其他男人。說來也真不可思議，我對她完全信任。

也許我是想藉由聽到她的聲音，來讓自己感到完全安心。因為疲勞駕駛，我的意識開始變得模糊。我試著在各個不同的時間撥打，但都聯絡不上她，所以我改打她上班的那家咖啡廳，找和伊娃同樣在那裡上班的同事，請對方叫伊娃接聽。我面對得來速裡的公共電話筒，像在祈禱般暗自祈求，但伊娃不在咖啡廳裡。聽接電話的店員說，店裡沒有這樣一位女性員工。聽起來不像是突然請辭。對方說，店內沒有雇用過伊娃·瑪莉·克羅斯這位人物的紀錄。不可能有這種事——我不斷追問，但對方掛我電話，後來再也無法撥通。

V

我一再找尋伊娃·瑪莉·克羅斯，數年的光陰就此過去。我四處奔走，努力蒐集與她行蹤有關的消息，但始終遍尋不著。她既非遭人綁架，也不是離家出走，下落不明。她的狀態，就像完全從這世上抹除一般。與她有交集的所有人，腦中關於她的記憶完全消失。我去她住的房間，裡頭空空如也。原本她理應放在我房裡的衣服，也全都不翼而飛。我還去了一趟伊娃·瑪莉·克羅斯的老家。我和她父母見過幾次面，但他們兩人卻都堅稱和我是第一次見面。我問他們伊娃的事，但她母親卻堅稱自己沒生過孩子。她父親也一樣，而她小時候的房間，現在已成了置物間。我無視於他們兩人的阻止，在屋內找尋她孩提時代住過的證據，將家具全翻過來看，最後他們報警將我帶走。

那個爛主編對外散播我的謠言，我無法繼續待在出版界。為了籌措生活費，我承接骯髒的工作。平時我利用工作間的空檔，在市街上徘徊，找尋伊娃·瑪莉·克羅斯的影子。只要看到背影像她的女人，我就會追向前叫住對方。但我到處都找不到她。

我也常去她工作的那家咖啡廳，坐在靠窗的桌位，點一杯咖啡，望著她常待的位置。某天，我坐在咖啡廳內時，來了一名面熟的女子。是伊娃大學時代的朋友，她也曾擔任過援助孤兒的義工。我主動向前搭話。從她望著我的詫異眼神，我研判她應該是第一次見到我。雖然我曾多次陪同伊娃和她一起共進午餐。

「妳當過義工對吧？曾在街角發傳單對不對？我記得好像是……對了，是從事援助孤兒的活動，對吧？」

我說完後，她臉上表情為之一亮。我聽伊娃提過她從事的義工團體活動內容以及主題，所以我利用這個話題來化解她的戒心。我們邊聊邊喝咖啡。我聊到伯恩斯坦家中斷金援的事，抱怨了幾句，她馬上表示贊同，認定我是自己人。

「妳認識伊娃．瑪莉．克羅斯這名女子嗎？她應該也在義工團體裡幫過忙……」

我看準時機，向她提問，但她果然說她不記得有這號人物。我並未太沮喪，因為我早料到會是這樣的回答。我點了點頭，正想喝口咖啡，但一時沒拿好，灑了出來。我忘了帶手帕，一時間不知如何是好，這時她從包包裡取出紙巾。

「這個拿去用吧。是我們義工團體的原創商品哦，大家一起動手做的。原本預定是要以這筆收入充當營運費，但可惜銷路不佳。」

一股懷念之情湧上心頭。伊娃也曾帶回同樣的東西，有好一陣子我都用這個紙巾。我以它擦拭咖啡時，印在紙巾上的標幟映入我眼中。

「這是？」

我指著上頭的標幟問。

「是我們義工團體的標幟。怎麼了嗎？」

「提案者是詹姆斯．伯恩斯坦嗎？」

「應該是他沒錯。」

我曾在其他地方見過同樣的東西。詹姆斯．伯恩斯坦的遺物之一——音樂會的邀請函。用來封箋的血色封蠟上，應該印有這樣的徽章。原來我感覺似曾見過的東西，就是義工團體的這個標幟。

這件事帶有什麼含意？由奇怪的樂團演奏的音樂會寄發的邀請函，與援助孤兒的義工團體之間，有什麼樣的關聯？

我對援助孤兒的義工團體展開調查。結果發現，經義工團體介紹而由養父母收養的孩子們，最後有相當高的比例下落不明。我拿著資料，前往那些孩子們原本應居住的地方，但那裡非但沒有溫暖的家庭，甚至連屋子都找不到。我向公所詢問，只留下已搬家的資料，前往搬家處查看，得到的結果卻又是「已搬家」。最後，我問過一家又一家的公所，永遠都到不了孩子們所住的場所。

我同時發現一張照片。是詹姆斯．伯恩斯坦到孤兒院視察的新聞報導。上頭刊登的照片，是他接受孩子們獻花的身影。但問題是跟在他身後的老紳士。那肯定就是管家亞歷山大．肯恩。他的五官長得與植物園管理員比爾．肯恩很相似，但他看起來遠為精明、知性許多。由於是黑白照片，所以不清楚原本是何顏色，但研判他應該是銀髮。我以放大鏡仔細檢視那張照片。他耳後有個像墨水汙漬般的黑痣。不，那不是黑痣。而是真正的墨水汙漬。一定是這樣。但隱隱有股恐懼向我襲來，我就此停止進一步打探。

如果說我在人體樂器演奏會上遇見的那名戴山羊面具的男子就是亞歷山大．肯恩，這可能性有多高呢？那些失蹤的孤兒們，其實被做成了樂器的可能性又有多少？大富豪之所以能收到寫有「親愛的詹姆斯．伯恩斯坦先生鈞啟」的邀請函，該不會是因為他提供製作樂器所需的材料吧？這該死的詹姆斯．伯恩斯坦。伊娃．瑪莉．克羅斯和她的朋友們為了讓孩子們得到幸福，是那麼努力在義工團體裡從事活動。那些被養父母帶走的孩子們，他們臉上那充滿期待、不安、歡樂的表情，你都不知道嗎？伊娃她一直都在為孩子們祈禱，希望他們能永遠幸福。你這個殺千刀的！

亞歷山大．肯恩不是在處理完詹姆斯．伯恩斯坦的遺物後，就此下落不明嗎？還是說，他弟弟比爾．肯恩也知道一些內幕，對我說謊？若是這樣，我偷偷拿走邀請函的事，他或許也發現了。他事前將我會潛入音樂會的事通報他哥哥，這也是可以想見的事。那名戴山羊面具的男子，打從一開始就發現我是入侵者。他接獲通報，得知我會前往那裡，早已守株待兔。還是說，這一切都是我自己想多了。要是我檢視拍到那名銀髮管家出現在其他報紙上的照片，或許就會發現他耳後沒有黑痣，而得到那單純只是墨水汙漬的結論。但我並沒有這麼做。夠了。一切已經不重要了……

我每晚都喝酒。當思考陷入迷宮時，為了不讓自己繼續深入，我改抽大麻，聽音樂。說到大麻，為了追查真相，我曾經去找過比爾．肯恩，但他已不在那兒。植物園荒廢，呈半球狀的溫室上頭的玻璃多處破裂。管理伯恩斯坦家資產的人們，似乎決定將這裡封閉。應該很快就會售出這塊土地吧。少了管理員的無人植物園，樹木的枝葉恣意生長。我四處走動查看，恰巧發現那片大麻群生的地方。比爾．肯恩栽種的大麻已經成了野生。我從裡頭摘取自己所需的份量享用。

我將唱片、唱片機、扶手椅搬來植物園的溫室。就像以前比爾．肯恩那樣，邊聽音樂，邊吞雲吐霧。輕煙和音樂飄向刺破溫室往外伸展枝葉的樹木，斑駁樹影灑落一地。一陣風吹來，感覺就像植物的呼息。在彷彿一切都融為一體的柔和感包覆下，我有股想哭的衝動。

那是某個寒冷的冬日。我為了抽大麻而來到溫室，發現扶手椅的座位上放了個包裹。不知是誰放的。我甚至不知道除了我之外，還有人會到這座荒廢的植物園裡。那包裹正好和唱片一樣的大小和厚度。很用心地用紙包裹，上頭再加上如血一般的鮮紅封蠟。我對印在蠟上的標幟有印象。我小心翼翼地打開包裹，發現裡頭包的是一張唱片。上頭的標籤沒寫字，不知道裡頭錄了什麼。一旁附上一張信紙。是那個音樂會的邀請函。「親愛的……」上頭寫的是我的名字。我試著播放唱片。輕輕落向唱片表面的唱針，宛如芭蕾舞者。唱片裡錄製的是弦樂器的樂音，那是令我內心顫動的淒美旋律。在弦樂的音色中夾雜著女人的聲音，既像呻吟聲，又像因愉悅而顫動的聲音。我明白，那是伊娃·瑪莉·克羅斯的聲音。

乙一×岩井俊二首度攜手合作！
空前夢幻組合！

花與愛麗絲殺人事件

當地表最強轉學生「愛麗絲」，遇上史上最強繭居族「小花」，全世界規模最小的殺人事件發生了！

身形醜陋的妖物、深不可測的人心，真正可怕的，究竟是哪一邊？

我的賽克洛斯

在生死地域中徘徊，在欲望與恐懼間迷走，睽違3年半，路癡旅遊作家和泉蠟庵終於回來了！

謎人俱樂部

歡迎加入**謎人俱樂部**！為了感謝您對皇冠出版的推理、驚悚小說的支持，我們特別規劃推出讀者回饋活動，您只要按照規定數量蒐集每本書書封後摺口上的印花（影印無效），貼在書內所附的專用兌換回函卡上，並詳填個人資料後寄回，便可免費兌換謎人俱樂部的專屬贈品！詳細辦法請參見【謎人俱樂部】活動官網。

【謎人俱樂部】臉書粉絲團
www.facebook.com/mimibearclub

☐集滿4個印花贈品（二款任選其一）：

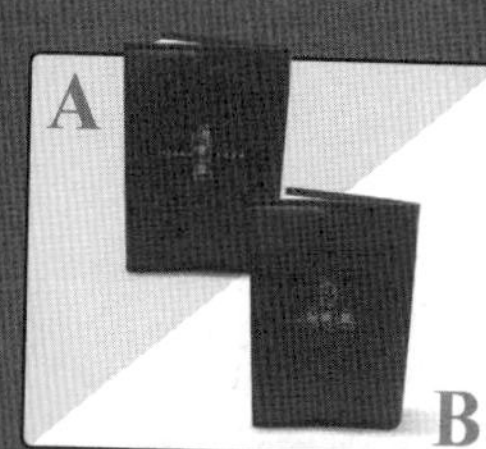

A：【推理謎】LOGO皮質燙銀典藏書套一個
（黑色，25開本適用，限量1000個）

B：【推理謎】吉祥物『獨角獸』圖案皮質燙金典藏書套一個
（咖啡色，25開本適用，限量1000個）

☐集滿8個印花贈品（二款任選其一）：

C：【推理謎】LOGO皮質燙金證件名片夾一個
（紅色，11.5cm x 8.6cm，限量500個）

D：【推理謎】吉祥物『獨角獸』圖案環保購物袋一個
（米色，不織布材質，41.5cm x 38.6cm，限量1000個）

☐集滿12個印花贈品（二款任選其一）：

E：【推理謎】LOGO不鏽鋼繩鑰匙圈一個
（限量500個）

F：【推理謎】吉祥物『獨角獸』圖案馬克杯一個
（白色，320cc容量，限量500個）

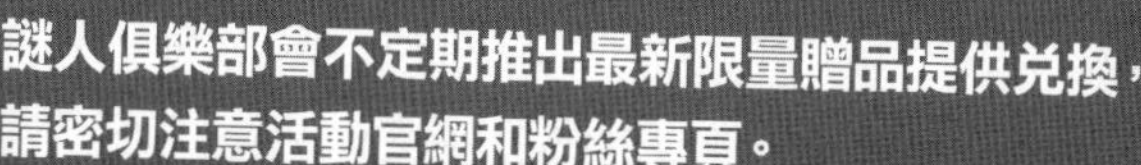
謎人俱樂部會不定期推出最新限量贈品提供兌換，請密切注意活動官網和粉絲專頁。

【注意事項】

◎本活動僅限台灣地區讀者參加。

◎贈品兌換期限自即日起至2017年12月31日止（以郵戳為憑）。

◎贈品圖片僅供參考，所有贈品應以實物為準。

◎所有贈品數量有限，送完為止。如讀者欲兌換的贈品已送完，皇冠文化集團有權直接改換其他贈品，不另徵求同意和通知。贈品存量將定期在【謎人俱樂部】活動官網上公佈，請讀者在兌換前先行查閱或直接致電：（02）27168888分機114、303讀者服務部確認。

◎皇冠文化集團保留修改或取消謎人俱樂部活動辦法的權利。辦法如有更動，將隨時在【謎人俱樂部】活動官網上公佈。

國家圖書館出版品預行編目資料

殺死瑪麗蘇 / 乙一、中田永一、山白朝子、越前魔太郎著；安達寬高 作品解說；高詹燦 譯. -- 初版. -- 臺北市：皇冠, 2017. 11
面; 公分. --(皇冠叢書；第4660種) (乙一作品集；8)
譯自：メアリー・スーを殺して 幻夢コレクション
ISBN 978-957-33-3342-5(平裝)

861.57　　106018229

皇冠叢書第4660種
乙一作品集 | 8

殺死瑪麗蘇

メアリー・スーを殺して
幻夢コレクション

作　　者—乙一、中田永一、山白朝子、越前魔太郎
作品解說—安達寬高
譯　　者—高詹燦
發 行 人—平雲
出版發行—皇冠文化出版有限公司
臺北市敦化北路120巷50號
電話◎02-27168888
郵撥帳號◎15261516號
皇冠出版社(香港)有限公司
香港上環文咸東街50號寶恒商業中心
23樓2301-3室
電話◎2529-1778　傳真◎2527-0904
總 編 輯—龔橞甄
責任主編—許婷婷
責任編輯—蔡承歡
美術設計—王瓊瑤
著作完成日期—2016年
初版一刷日期—2017年11月

法律顧問—王惠光律師

讀者服務傳真專線◎02-27150507
電腦編號◎533008
ISBN◎978-957-33-3342-5
Printed in Taiwan
本書定價◎新臺幣420元/港幣140元

謎人俱樂部贈品兌換卡

我要選擇以下贈品（須符合印花數量）：☐A ☐B ☐C ☐D ☐E ☐F

1	2	3	4
5	6	7	8
9	10	11	12

【個人資料蒐集、利用及處理同意條款】

您所填寫的個人資料，依個人資料保護法之規定，皇冠文化集團將對您的個人資料予以保密，並採取必要之安全措施以免資料外洩。您對於您的個人資料可隨時查詢、補充、更正，並得要求將您的個人資料刪除或停止使用。

本人同意皇冠文化集團得使用以下本人之個人資料建立該集團旗下各事業單位之讀者資料庫，做為寄送出版或活動相關資訊、相關廣告，以及與本人連繫之用。本人並同意皇冠文化集團可依據本人之個人資料做成讀者統計資料，在不涉及揭露本人之個人資料下，皇冠文化集團可就該統計資料進行合法地使用以及公布。

☐同意　☐不同意

我的基本資料

姓名：__________

出生：_____年_____月_____日　性別：☐男 ☐女

職業：☐學生 ☐軍公教 ☐工 ☐商 ☐服務業

☐家管 ☐自由業 ☐其他__________

地址：☐☐☐☐☐__________

電話：（家）__________（公司）__________

手機：__________

e-mail：__________

我對【乙一作品集】系列的建議：

寄件人：

地址：□□□□□

北區郵政管理局登
記證北台字1648號
免 貼 郵 票
〔限國內讀者使用〕

10547
台北市敦化北路120巷50號
皇冠文化出版有限公司 收